诗路衢江

姜文军 主编

经济日报
出版社

图书在版编目（CIP）数据

诗路衢江 / 姜文军主编. —— 北京 :经济日报出版
社, 2021.1
　　ISBN 978-7-5196-0793-7

　　Ⅰ. ①诗… Ⅱ. ①姜… Ⅲ. ①诗集–中国–当代
Ⅳ. ①I227

中国版本图书馆 CIP 数据核字（2020）第 261535 号

诗路衢江

主　　编	姜文军
责任编辑	王　含
责任校对	蒋　佳
出版发行	经济日报出版社
地　　址	北京市西城区白纸坊东街 2 号（邮政编码:100054）
电　　话	010-63567684（总编室）
	010-63584556　63567691（财经编辑部）
	010-63567687（企业与企业家史编辑部）
	010-63567683（经济与管理学术编辑部）
	010-63538621　63567692（发行部）
网　　址	www.edpbook.com.cn
E - mail	edpbook@126.com
经　　销	全国新华书店
印　　刷	成都兴怡包装装潢有限公司
开　　本	880mm×1230mm　1/32
印　　张	13
字　　数	300 千字
版　　次	2021 年 1 月第一版
印　　次	2021 年 1 月第一次印刷
书　　号	ISBN 978-7-5196-0793-7
定　　价	58.00 元

《诗路衢江》编撰委员会

序

　　习近平总书记说："学史鉴得失、学诗志高昂。"衢江诗画风光，处处古木青山，小桥流水，自古就是四省边际水陆交通要道。千百年来桨声帆影，不少文人墨客熙来攘往，诗人把所见所闻所思，按节律填写，书壁刻石付梓，佳篇杰构点睛生花，赞叹美景流连风光，或兴或怨，他们写下许多脍炙人口流芳百世的诗篇。有点像今日微信发朋友圈，不仅会心者点赞，往往妇孺皆知一唱三叹。又类似流行曲，一曲代言，可以激发心志、宣泄衷肠、交际应酬，移情体物，歌声绕梁感人至深。

　　一般地方诗选多以诗人为主轴，按年代罗列诗篇，但读者主要不是为了了解诗人的生平和行踪，哪年哪月曾到此一游。本编旨在光大地方文化，着眼的是本区域风土人情的诗性表达，所以改以属地统诗。从大到横贯全域的衢江及周边，小到一山一水一村一寺，既方便按图审美，也有利于相关部门统一规划，注入文化元素提升属域或景区品位，更好起到存史、资政、教化、宣传的作用。在编选过程中我们发现，沿江乡镇的诗篇密度要远高于南北山区。路过的诗人乘舟策杖，多写三衢道上瀫水舟中的感受，一般惜墨如金，只留凤毛麟角。少数诗人如杨万里，抛下书本，面对真山真水，灵感自然流露，就有更多草市小村浅滩深潭收入笔底。而本土诗人的足迹就更广泛，他们深入穷乡僻壤，苦心孤诣，让藏于深闺好山佳水因诗而辉映成趣，过往的日子保留存档。

四省边际枢纽港的建设，实现了"一江清水送杭城、一艘游轮游衢江"，有礼衢江的旖旎风光必将绽放更加绚丽光彩。《诗路衢江》，一册在手，满满都是乡愁，望得见山，看得见水，岁月峥嵘，风花翻飞。孔子说：何莫学夫诗，不学诗无以言。衢州有礼，衢江多诗，爱作小序，期待流布。

政协衢州市衢江区委员会主席

赵建新

目　录

五、杜泽

十一、樟潭

十四、高家

十五、全旺

十六、大洲

十七、横路

二十一、湖南

一、衢江

衢州江上别李秀才

(五代) 韦　庄

千山红树万山云，把酒相看日又曛。
一曲离歌两行泪，更知何处再逢君？

【诗人简介】

　　韦庄（约 836~910），字端己，杜陵（今陕西省西安市附近）人，少孤贫力学，才敏过人。韦庄曾经家陷黄巢兵乱，身困重围，又为病困。中和三年（883）三月，在洛阳著长诗《秦妇吟》，反映战乱中妇女的不幸遭遇，在当时颇负盛名。后人将其与《孔雀东南飞》《木兰诗》并称为"乐府三绝"。韦庄在唐末诗坛上有重要地位，诗风清丽，情凝词中，有《浣花集》10 卷传世。韦庄亦是花间派的重要词人，与温庭筠并称"温韦"，江山人刘毓盘和王国维辑为《浣花词》一卷，凡 50 多首。

【注释赏析】

　　李秀才，不详。韦庄另有《江上别李秀才》："前年相送灞陵春，今日天涯各避秦。莫向尊前惜沉醉，与君俱是异乡人。"谢枋得注《唐诗绝句》说："客中送客，最易伤怀。此诗后两句绝妙，唐人饯别诗，如'今日送君须尽醉''劝君更尽一杯酒'，又不如'莫向尊前惜沉醉'一句有味。"

韦庄流落江南时，曾在衢江边的农村度过一段相对宁静的隐居日子，与龙游石壁寺主持贯休交好来往。唐代赠别的名篇很多，此诗开篇以"千、"万"极言背景之大，仿佛整个天地都为之凄绝。一派老树枯藤、愁云惨雾的模样。想一醉方休，一辞了之吧，偏又清醒得很，日西沉了，该分手了。人在潦倒时，唯有友谊最珍贵。真是一叠阳关曲，双泪落君前，何年何月才能再相逢？韦庄此诗揉进了高适的"千里黄云白日曛"，王维的"劝君更进一杯酒"的境界，在低回留连、凄清缠绵上，尤有特色。明代的诗评家周斑说韦庄此诗："别情婉至，黯然魂消。又俱一气清空，全不着力，妙。"

韦庄晚年任前蜀宰相，与昔日僧友贯休等相聚四川时，不免又想起两人在衢江边的岁月，韦庄写《菩萨蛮》感叹："人人尽说江南好，游人只合江南老。春水碧于天，画船听雨眠。垆边人似月，皓腕凝霜雪。未老莫还乡，还乡须断肠。"然而，世道纷乱，他和贯休再也没回那日夜思念的瀫水旧隐之地了。

三衢道中马上口占

（宋）胡　宿

短亭疏柳映秋千，马上人家谷雨前。

几树旗枪茶霢靡，一溪鳞甲水潺湲。

莺期别后闻余弄，蚕候归来见小眠。

可惜西湖湖上月，夜来虚过十分圆。

【诗人简介】

胡宿（995～1067），字武平，常州晋陵（今江苏常州）人。仁宗天圣二年（1024）进士。英宗治平三年（1066）以尚书吏部侍郎、观文殿学士知杭州。四年，除太子少师致仕，命未至已病逝，年七十三，谥文恭。墓志铭称有文集40卷，《直斋书录解题》著录《胡文恭集》70卷，久佚。清四库馆臣从《永乐大典》辑出胡宿诗文1500余首，编为《文恭集》50卷，又搜辑散见于他书者为《补遗》一卷。收入《四库全书》和《武英殿聚珍版丛书》时，删去其中青词乐语10卷，并将《补遗》编入，定为40卷。《衢州历代诗选》误作程宿诗，经查证应为胡宿诗。

【注释赏析】

口占：指即兴作诗词，不打草稿，随口吟诵而出。此诗是古人较早记载衢州地区种茶养蚕的文献。

旗枪：茶叶一芽一叶之状。浙江省现也有叫"旗枪"的特种茶类，扁形炒青绿茶之一，产于杭州周边。因该茶经开水冲泡后，叶如旗，芽似枪，故名，已有400余年生产历史。而在千年以前的衢州，亦有此类茶树的种植。

霢靡：草木细弱，随风披拂的样子，也指草木茂密。

莺期：亦作莺期燕约，比喻相爱的男女约会的时日，但此处实指莺花正盛之时。

余弄：胡宿自注取之古诗"鸟嘤嘤兮友之期"。

蚕候：蚕事方兴之时。

小眠：蚕褪皮之际，不吃也不动，称为"眠"。

胡宿另有《徐偃王庙》《送宗兄郎中守三衢》诸诗，其《仲春三衢道中》曰："隔闰年芳早，天风泛暖晖。酒香迎社重，村语向蚕稀。林际新莺出，楹间故燕归。湖头春在否？人去柳花飞。"亦记养蚕，"村语向蚕稀"，到了蚕事繁忙时，村里人忙得围着转，往时热闹的场面也冷清了许多。

自新定沿牒三衢舟中寓兴寄所知

（宋）张伯玉

井落瓯闽近，乡亭百粤连。

一萍游宦客，两桨上滩船。

石瓮千寻浪，山围几匝天。

乱篙鸣远屿，群噪捧危舷。

峡断疑无路，汀回复济川。

林深羡沙鸟，村近喜人烟。

岂昧垂堂诫，都由稍食牵。

家山旧庐在，蚤晚赋归田。

【诗人简介】

　　张伯玉（1003～约1070），字公达，建安（今福建建瓯）人。早年举进士，又举书判拔萃科。仁宗庆历初以秘书丞知并州太谷县时，范仲淹推荐应贤良方正能直言，至和中通判睦州，时年三十，后迁知福州。福州暑热，张伯玉下令遍植榕树，结果绿阴满城，暑不张盖，至今在福州西门外的西河公园还有张伯玉的塑像。张伯玉多学而博识，能诗善饮，常饮百杯，赋诗百篇，所以称为"张百杯"，也有人称他"张百篇"。所著《蓬莱集》已佚，其诗据《严陵集》《会稽掇英总集》等书所录，编为二卷。

【注释赏析】

新定：即睦州，唐天宝元年（742）曾改睦州为新定郡，因称之。

沿牒：谓官员随选补之文牒而调迁。

寓兴：寄托兴致。据题意，此诗为作者由睦州通判升知福州，路过衢州所作。

井落、乡亭：村落和乡里。

一荓：荓同萍，一叶浮萍，喻漂泊无定。

壅：堵塞，匝：环绕，写山水之貌。

垂堂：靠近堂屋檐下。因檐瓦坠落可能伤人，故以喻危险的境地。《汉书·爰盎传》："千金之子不垂堂，百金之子不骑衡。"颜师古注："垂堂，谓坐堂外边，恐坠堕也。"

稍食：古代指官府按月发给的官俸。

赋归田：表示告归，辞官归里。

蚤：通早。

此诗由行路艰难，感叹当官无奈。所记衢江景色，却栩栩如生，如在目前。

寄平甫弟衢州道中

（宋）王安石

浅溪受日光炯碎，野林参天阴翳长。

幽鸟不见但闻语，小梅欲空犹有香。

长年无可自娱戏，远游虽好更悲伤。

安得东风一吹汝，手把诗书来我旁。

【诗人简介】

王安石（1021～1086），字介甫，封荆国公。世人又称王荆公。江西抚州临川人，中国历史上杰出的政治家和改革家，唐宋八大家之一。北宋丞相、新党领袖。传世文集有《王临川集》《临川集拾遗》等。其大弟王安国（1028～1074），字平甫，熙宁进士。北宋著名诗人，器识磊落，文思敏捷，曾巩谓其"于书无所不通，其明于是非得失之理为尤详，其文闳富典重，其诗博而深"。

【注释赏析】

王安石卸任鄞县县令之后，回了一趟老家江西临川，不久北返，其间路经衢州。他写了一首诗寄给弟弟王安国，全诗述说他对衢州的印象和兄弟思念之情。

炯：明亮。

翳：原指用羽毛做的华盖，后引申为起障蔽作用的东西，如树冠。

此诗三四句精丽深婉，已开"王安石体"的先河。此处与其他传世佳句一样，对所咏景物"视而不见"，靠听觉和嗅觉凸显其存在。如"回头不见辛夷发，始觉看花是去年"，"遥知不是雪，为有暗香来"，都善用曲笔，很有嚼头，很有回味。南宋诗人范成大也很喜欢这两句诗，改为"幽禽不见但闻语，野草无名都著花"，用在咏《入稠归界》中。

溆 水

（宋）汪 泌

波纹端与縠纹同，正倚阑干想象中。
更被轻舠横截去，斜阳染出半江红。

【诗人简介】

汪泌，真州（今江苏仪征）人。仁宗庆历二年（1042）进士，神宗熙宁七年（1074）以都官员外郎通判台州。

【注释赏析】

溆水，即衢江，古名縠水、縠水、溆水、信安江、信安溪、衢港等。

轻舠，小船。如"白波若卷雪，侧石不容舠。"

此诗末句脱胎白居易"一道残阳铺水中，半江瑟瑟半江红"，写出了倚阑而见衢江日落时的绚烂色彩。出新之处在此诗用"轻舠横截"又在大块美景上添加动态，就如今天的人们等着小船进入最佳位置，与江水夕阳共舞而按下快门，摄取更丰富的画面。

三衢道中

（宋）李 纲

行色虚无里，人声烟霭间。

浪纹来縠水，地势逼柯山。

浅濑通舟涩，飞桥跨石弯。

风高云冉冉，滩急水潺潺。

野迥松篁秀，境幽鸡犬闲。

轻装因路险，隐耳觉言蛮。

村酿酤来薄，溪鳞买得悭。

浦晴鸣雁浴，林暝舞鸦还。

寺僻殿阁古，堂虚苔藓斑。

僧房清夜宿，幽梦到乡关。

【诗人简介】

李纲（1083~1140），字伯纪，生于松江府华亭县（今上海市松江区），祖籍邵武（今属福建），自祖父一辈起迁居无锡县（今江苏省无锡市）。宋徽宗政和二年（1112）进士。与赵鼎、李光、胡铨合称"南宋四名臣"。

【注释赏析】

此诗据实而写，面面俱到，诗风简淡，有以文为诗的倾向。

赴三衢别故人时车驾幸杭州
（之二）

（宋）赵　鼎

飘零泽国几春风，又触惊涛泛短篷。
四海未知栖息地，百年半在别离中。
功名元与世缘薄，兵火向来吾道穷。
独倚危楼凄望眼，青山无数浙江东。

【诗人简介】

赵鼎（1085~1147），南宋政治家、文学家、宰相。字元镇，自号得全居士。解州闻喜（今属山西）人。崇宁五年（1106）进士，累官河南洛阳令。高宗即位，除权户部员外郎。靖康二年（1127）九月南渡，寓居衢州常山县。建炎三年（1129），拜御史中丞。四年，签书枢密院事，旋出知建州、洪州。绍兴年间几度拜相，任内推崇洛学，巩固政权。后因反对和议，为宰相秦桧所构陷，罢除相位，出知泉州。旋即被谪居兴化军，移漳州、潮州安置，再移置吉阳军，绝食而逝，归葬常山。宋孝宗即位后，获赠太傅、丰国公，谥号"忠简"。淳熙十五年（1188），配享高宗庙庭。

【注释赏析】

车驾：帝王所乘的车，亦用为帝王的代称。

幸：指封建帝王到达某地，如巡幸。

作者所处的时代，异族入侵，家国不靖，连皇帝也仓皇出逃，躲避到杭州了。此诗明显受杜甫《登高》诗影响，起句即以短篷飘零感叹。

三四句得以宣泄：四海之大，却不知容身之处；百年之长，却兵马倥偬与家人聚少离多。功名又如何，面对剽悍的金国铁骑，一介书生感到了无力回天的困窘。

末句登楼远望，用"独""危""凄"诸字，益显忧国忧民之心，真是"居庙堂之高则忧其民，处江湖之远则忧其君"。

衢右道中

（宋）喻良能

渐喜家居近，相望六驿间。

脱身江左役，洗眼浙东山。

乡味初充馔，慈闱亦破颜。

经过毂溪水，应笑鬓毛斑。

【诗人简介】

喻良能（1120~?），字叔奇，号锦园，人称香山先生，义乌人。官至兵部郎中、工部郎官。后人因此称他出生地为"郎官里"。陈亮说他"于人煦煦有恩意，能使人别去三日念辄不释。其为文，精深简雅，读之愈久而意若新"。

【注释赏析】

衢右：右，地理上指西方，如江右、山右等。

江左：疑为江右，绍兴三十年，喻良能调任鄱阳县丞，此诗应为从江西返乡路过衢州所作。

鬓毛斑：化用贺知章的名篇《回乡偶书》"乡音无改鬓毛衰"。

春尽感兴

（宋）杨万里

春事匆匆掠眼过，落花寂寂奈愁何。

故人南北音书少，野渡东西芳草多。

笋借一风争作竹，燕分数子别成窠。

青灯白酒长亭夜，不胜孤舟兀绿波。

【诗人简介】

杨万里（1127~1206），字廷秀，号诚斋，吉水（今江西省吉水县）人。绍兴二十四年（1154）进士。历任太常博士、宝谟阁直学士等职。南宋杰出诗人，与尤袤、范成大、陆游合称南宋"中兴四大诗人"。杨万里诗风多变，50岁以后由师法前人到师法自然，形成独具特色的诚斋体。诚斋体讲究所谓"活法"，即善于捕捉稍纵即逝的情趣，用幽默诙谐、平易浅近的语言表达出来。

【注释赏析】

窠：昆虫、鸟兽的巢穴。

兀：摇晃。

淳熙六年（1179），杨万里由常州知州除提举广东常平茶盐，三月初离开常州，舟楫代步，到月底抵达衢州。

诗开门见山写春将尽，多少有些感慨。"只余三日便清和，尽放春归莫恨他。落尽千花飞尽絮，留春肯住欲如何。"只是时光荏苒，不与人便。

第三句由景物转思人事，愈说愈消沉了。好在第四句放眼四顾，以扬救抑，大有"天涯何处无芳草"之放达。

最喜"笋借一风争作竹"这句，觉得生气勃勃，动感十足。后人配以"松经十载竟成才"，成为勉励学子的好对联。

结束虽亦低沉，但色彩斑斓，可多少稍减春愁了。

三衢舟次（二首）

（宋）白玉蟾

柿叶翻黄枫叶红，一江涨起芦花风。
水清石露沙痕瘦，日落雨来云意浓。
诗思动摇帆影里，梦魂摇兀橹声中。
黄昏有底愁如织，南外寄书无去鸿。

困兽犹强剑未红，少年羞见白苹风。
心寒赤县神州远，兴入胡庭沙漠浓。
谁谓阿蒙犹洛下，未应老荆亭更隆中。
年来弓矢浑无用，只好江头射暮鸿。

【诗人简介】

白玉蟾（1194～?），宋末道士、词人。本名葛长庚，字白叟，号海蟾，又号海琼子。福建闽清人。生于琼州，幼习四书，7岁能赋诗，后父亡母嫁，续为白氏子，遂名玉蟾。12岁举童子科，后因任侠杀人，亡命之武夷。遂师事道教金丹大师陈楠，相与从游。时士大夫欲以异科荐之，不就。陈楠卒后，复盘桓罗浮、武夷、天台诸山，曾西至巴蜀，东到闽广。玉蟾尝撰《蟾仙解老》，深得道家真谛。白玉蟾为道教南宗第五代传人，即"南五祖"之五。"南宗"自他之后，始正式创建了内丹派南宗道教社团。飞升后封号为"紫清明道真人"，世称"紫清先生"。嘉定十一年（1218）先后两次为宁宗建醮，十五年赴临安伏阙上书，不得达，乃隐居著述，不知所终。

【注释赏析】

白玉蟾的第一首诗首联以景写时序，描绘秋景为愁绪张本。

颔联"瘦"字佳，活写秋天江水枯涩状况。兼又黄昏，使人想起"人比黄花瘦"的词人李清照来，淅沥飘空的雨，泼墨遮天的云，怎一个愁字了得。

颈联自况，白玉蟾善篆隶草书，工画，其诗文于南宋卓然一家，词名尤著。其文亦颇具老庄神韵，高远飘逸，间有怪异之作。诗学东坡、渊明，既能大笔抒豪壮情怀，又能柔笔写隽丽词句。帆影橹声，正好入其诗梦。

尾联点明愁之所在，出外多年，久矣不通音讯。此诗虽写秋景愁绪，但白玉蟾为人倜傥，只觉挥洒自如，了无局促郁闷之感。

三衢道中（之三）

（元）张 雨

界道飞流山翠重，杜鹃无语杜鹃红。
归人一舸贪新水，浑堕丹青便面中。

【诗人简介】

张雨（1283~1350）元代诗文家，年少时为人潇洒，不拘小节，英气勃勃，有隐逸之志。年二十弃家，遍游天台、括苍诸名山，后去茅山檀四十三代宗师许道杞弟子周大静为师，受大洞经篆，豁然有悟。又去杭州开元宫师玄教道士王寿衍，命名嗣真，道号贞居子，又自号句曲外史。曾从虞集受学，博学多闻，善谈名理。诗文、书法、绘画，清新流丽，有晋唐遗意。虽隐迹黄冠道士之中，却列文士学人之名，被当世名士称为"诗文字画，皆为当朝道品第一"。

【注释赏析】

张雨与衢州路达鲁花赤薛超吾儿是好友，大约受邀来衢，溯钱塘而上，此组诗共三首，前面还有："大溪中道放船流，船压山光泻碧油。三百里滩欹枕过，买鱼醅酒下严州。""东风恶剧雨飞花，被底春寒水涨沙。兰茝溪香小回首，一峰晴雪是金华。"一写严州，一写兰溪，第三首才写衢州。

"杜鹃无语杜鹃红"，前一杜鹃为鸟名，后一杜鹃为花名。

便面：扇子的一种。《汉书·张敞传》："白以便面拊马"。颜师古注："便面，所以障面，盖扇之类也。不欲见人，以此自障面，则得其便，故曰便面，亦曰屏面。"后亦泛指扇面。

衢江舟中怀江实夫

（元）吴 炳

仰止烂柯山，故人渺何许。

行舟不可舣，回首重延伫。

凉风吹客衣，秋树湿残雨。

多情双鹭鸶，翩翩向洲渚。

【诗人简介】

吴炳，字彦辉，祥符人，官翰林待制兼国史编修官。上海博物馆藏今藏元代华祖立绘画玄门十子图，有吴炳行楷书写传。

【注释赏析】

江实夫：生平不详。

舣舟：停船靠岸。王安石《寄王补之》诗："今我思挥麈，
逢君为舣舟。"

延伫：引颈企立，形容盼望之切。

颈联渲染凄清，最后以鹭鸶之多情，反衬世态凉薄，故人珍贵。

自衢州至兰溪

（明）刘　基

秋郊敛微雨，霁色澄人心。

振策率广路，逍遥散烦襟。

疏烟带平原，薄云去高岑。

湛湛水凝碧，离离稻垂金。

荠麦霜始秀，玄蝉寒更吟。

幽怀耿虚寂，好景自相寻。

心契清川流，目玩嘉树林。

歌传沧浪调，曲继白雪音。

仙山在咫尺，早晚期登临。

【诗人简介】

刘基（1311~1375），浙江青田人。字伯温，谥文成，元末
明初杰出的军事谋略家、政治家、文学家和思想家，明朝开国

元勋。刘基通经史、晓天文、精兵法。他辅佐朱元璋完成帝业，开创明朝并尽力保持国家的安定，因而驰名天下，被后人比作诸葛武侯。在文学史上，刘基与宋濂、高启并称"明初诗文三大家"。一般诗人多流连风花雪月，很少有咏稻诗篇。而刘基却特别关心百姓赖以生存的稻作和粮食问题。本诗之"湛湛水凝碧，离离稻垂金"，《早行衢州道中》之"农家喜铚艾，行歌向东阡。大道无狭邪，平原多稻田"，《晚至草平驿》之"落日照阡陌，秔稻生清香"，都体现了胸怀兼济大志关心国兴民生的视角。

【注释赏析】

率：沿、顺。

沧浪：屈原《渔父》中"举世皆浊我独清，众人皆醉我独醒"，屈原的内心自然不是渔夫所能理解的，而他们的对话却化为了传世名句："沧浪之水清兮，可以濯吾缨；沧浪之水浊兮，可以濯吾足。"

白雪：即阳春白雪，战国时代楚国的一种高雅乐曲，亦指高深典雅的乐曲。

仙山：烂柯山。

近衢州

（明）吴与弼

水原将尽话西江，红叶归心日夜忙。

犹爱越山看不饱，焉知孤棹尚他乡。

【诗人简介】

吴与弼（1391～1469），明代理学家、教育家。名梦祥、长弼，字子傅，号康斋。江西崇仁县人。明代理学开山，其创立的"崇仁学派"享誉中外。其下"江门之学"、"余干学派"和稍后的"江右王门之学"是推动中国文化教育第二次下移的端绪，为中国思想史从朱熹智识主义向内省功夫做出了突出贡献。黄宗羲《明儒学案·崇仁学案》中，将其位列第一。

【注释赏析】

司马相如是汉初伟大的词赋作家，可是当时的汉景帝不喜欢词赋，却爱打猎。司马相如当过陪景帝打猎的武骑常侍，不感兴趣，就到梁孝王那里住了几年。梁孝王在梁国都城睢阳（今河南商丘睢阳区）修建了宏大的梁园，招纳了不少文士。当食客不愁吃喝，但是对于有抱负的司马相如则不是那么美好了，于是感叹"梁园虽好，不是久恋之家"。吴与弼此诗，亦当作如是观。

题徐景颜教谕毂江渔者卷

（明）邵伯宣

柯山青浸毂江波，有客长年被绿蓑。

钓泽偶膺多士选，讲帷仍赋散人歌。

桃花白鹭忘机久，莼菜鲈鱼入梦多。

迟子束书归旧隐，水云深处一经过。

【诗人简介】

邵伯宣，明代诗人。生平史略不详。钱谦益《列朝诗选》卷十四录邵处士亨贞 13 首，附见邵伯宣此首诗。一说阮孝思作。

【注释赏析】

徐景颜，衢州西安县教谕，生平不详。

太末江中连雨呈伟长将军

（明）沈明臣

万壑千山积雨多，海门三日下鸿波。

蛟龙直欲摧孤屿，乌兔深疑避九河。

看剑阴风吹白发，弹琴春雪照青娥。

将军且猎长缨饮，北虏南蛮奈尔何。

【诗人简介】

沈明臣（1518~1596），明代诗人。字嘉则，号句章山人，晚号栎社长，鄞县（今浙江宁波）人。明臣早年为诸生，累赴乡试不中，遂专意于诗。嘉靖间与徐渭、余寅同为浙江总督胡宗宪幕僚，掌书记职，时献计策，参与抗倭。性好纵酒斗诗，语多慷慨，胡宗宪命刻于烂柯山。后胡宗宪被捕系狱死，幕客星散，独他走哭墓下。继流落江湖，放浪诗酒。50岁后归里授徒赋诗为业，平生作诗7000余首，与王叔承、王稚登同称为万历年间三大"布衣诗人"。明臣著有《丰对楼诗选》43卷、《越草》一卷。另著有《荆溪唱和诗》《吴越游稿》《通州志》等。

【注释赏析】

太末江：衢江的别称，殊少见。

伟长将军：生平不详。

乌兔：古代指日月，先古神话传说日中有乌，月中有兔，故合称日月为乌兔。

青蛾：青黛画的眉毛，美人的眉毛。杜甫《一百五日夜对月》诗："仳离放红蕊，想象嚬青蛾。"借指少女、美人。

瀫江舟中

（明）屠　隆

瀫江江上放舟轻，久客舟人识姓名。

一片锦帆天外落，万山烟树雨中行。

年年芳草皆愁色，处处黄鹂只旧声。

姑蔑城头春自好，祗应肠断百花明。

【诗人简介】

屠隆（1543~1605），明代文学家、戏曲家。字长卿，一字纬真，号赤水、鸿苞居士，浙江鄞县人。万历五年（1577）进士，官颍上、青浦知县，礼部主事、郎中等职。为官清正，关心民瘼，后罢官回乡。书画造诣颇深，精通曲艺。著述有《彩毫记》

《昙花记》《修文记》《白榆集》《由拳集》《鸿苞集》《观音考》等。

【注释赏析】

屠隆追随王世贞的"文须秦汉,诗必盛唐"主张,是"明末五子"之一。诗文率不经意,一挥数纸,但如"一片锦帆天外落,万山烟树雨中行"之类,场景极大,笔墨却细。

辛卯除夜姑蔑舟中

(明) 徐 熥

客路行无尽,终天恨转深。
乾坤乌鸟泪,风雨狄猿吟。
爆竹催残腊,梅花忆故林。
未能委沟壑,聊慰北堂心。

【诗人简介】

徐熥(1561~1599),明藏书家。字惟和,别字调侯,福建闽县(今福州)人。著名藏书家徐𤊹兄。明万历十六年(1588)举人。学识渊博,不求闻达,负才淹蹇,肆力诗歌。与弟徐𤊹并有才名,然𤊹以博学称,熥则以词采著。其诗"俯仰古今,错综名理"。万历间，与弟徐𤊪在福州鳌峰坊建"红雨楼"、"绿玉斋"、"南损楼"，以藏书、校勘图书为事。家不富却好周济，有"穷孟尝"之雅号。卒后入祀于乡贤祠。著《慢亭集》，辑《晋安风雅》，撰《陈金凤外传》等。

【注释赏析】

辛卯：万历十九年（1591）。

颔联"乾坤乌鸟泪，风雨狄猿吟。"可媲美杜甫《春望》有："感时花溅泪，恨别鸟惊心。"

颈联紧扣除夜景象，写尽时光催人、旅客念乡之情。

沈德潜《明诗别裁集》第九卷之后，选徐𤊪诗15首，仅次于陈子龙和顾炎武，足见徐𤊪在晚明诗坛的重要。

自广济至濲水舟中即事（十首选二）

（明）张 萱

西安东去是龙游，春涨江平却肯流。
春月一船浑似昼，竹枝高唱橹声柔。

帆前春水泻琉璃，桂若香浮日暖时。
为语鱼儿莫吹浪，前滩今已放鸬鹚。

【注释赏析】

广济：广济驿原在常山县城东门内左侧，明嘉靖年间改在东城门浮桥河渚。

诗共 10 首，从常山抵兰溪，写濲水两岸风光，如《竹枝诗》。

至夜姑蔑舟中

（明）徐 燉

停棹三衢夜莽茫，客途淹忽过年光。
葭灰应律吹新管，萍梗随流出异乡。
襆被冷眠千嶂雪，钓竿晴打半篷霜。
遥指小妇闺中线，此夕应添一倍长。

【诗人简介】

徐燉（1570～1642），字惟起，号兴公，福州人。他不仅是一位诗人、书画家，更是著名的方志学家、藏书家。其诗以清新隽永见长，人称"兴公诗派"，与曹学佺同为闽中诗坛领袖。徐燉谙悉乡邦文献，三次参加修纂《福州府志》。著有《鳌峰集》《榕阴新检》《闽唐南雅》等。

【注释赏析】

淹忽：迅疾，钱澄之《永安杂兴》诗："山城何所恋，淹忽十旬余。"

葭灰：也叫葭莩之灰。葭是指初生的芦苇；葭莩是指芦苇秆内壁的薄膜。古人烧苇膜成灰，置于律管中，放密室内，以占气候。某一节候到，某律管中葭灰即飞出，示该节候已到。

萍梗：比喻行踪如浮萍断梗一样，漂泊不定。

徐𤊹《旅宿三衢》《姑蔑旅情》《瀫溪夜泊》诸诗写衢江，后一首如下："风色晚飕飕，长年暂系舟。霞光分野火，树影倒溪流。月隐诸峰暮，霜飞万壑秋。隔林长笛响，偏动旅人愁。"

夜泊瀫溪有怀竹西社中诸子

（明）陆 弼

回首芜城月，还流瀫水波。

维舟孤雁起，推枕远山多。

赋敢追鹦鹉，衣曾制薜萝。

秋风岩桂好，早发共婆娑。

【诗人简介】

陆弼，一名君弼，字无从。晚明扬州府江都人。生卒年均不详，约明神宗万历十年（1582）前后在世。诸生。好博涉，多撰述。好结纳贤豪长者，颇有声名。尝为诗云："匣有鱼肠堪借客，世无狗监莫论才。"可见其意气。时执政议修正史，征魏学礼、王穉登及陆弼等入史馆与纂修，未上而罢。擅诗工曲，卒年七十余。著有传奇《存弧记》《曲录》，诗文有《正始堂集》。

【注释赏析】

竹西：扬州的别称。

鹦鹉：此处指《鹦鹉赋》，是东汉末年辞赋家祢衡创作的一篇小赋。描绘了鹦鹉的色泽明辉鲜丽、灵机聪慧和高洁情趣，以及悲苦的遭遇和心境，表现其纷乱的思绪、身不由己的哀怨和无以为乐的悒闷。

薜萝：此处指隐者或高士的衣服。

龙游至衢州

（明）田惟祐

龙游接衢州，景不殊兰溪。

山少滩濑多，沙石成长堤。

溪流时冲决，两岸无平蹊。

湍急舟行速，水浅石可携。

野旷少人烟，地瘠艰锄犁。

泊舟无村市，遇夜随停栖。

幸无狂客惊，惟闻山鸟啼。

船定水汩汩，篷疏风凄凄。

寤寐梦不成，候晓无鸣鸡。

惆怅盼家山，遥遥望中迷。

【诗人简介】

田惟祐，字裕夫，浙江萧山人。明代正德十四年（1519），知德庆州事。他怜悯百姓的疾苦，向上启奏要求免除荒田赋税，悉心教育百姓，潜移默化民间的陋习，使民间风俗得到大大改善，祀名宦。著有《东源读史录》，录入《四库全书》。

【注释赏析】

蹊：小路，如"桃李不言，下自成蹊"。

此诗多白描平实，选入《明诗综》。

衢游返棹

（清）李　渔

数日曾穿万叠山，浑身衣带翠微斑。

原来济胜非奇事，兴至登临若等闲。

有句但思留石上，无魂不虑返人间。

斧柯未烂归期促，愧自神仙洞里还。

【诗人简介】

李渔（1611~1680），初名仙侣，后改名渔，字谪凡，号笠翁。浙江兰溪人。明末清初文学家、戏曲家。18岁补博士弟子员，入清后无意仕进，从事著述和指导戏剧演出。后居于南京，把居所命名为"芥子园"，并开设书铺，编刻图籍，广交达官贵人、文坛名流。著有《凰求凤》《玉搔头》《无声戏》与《闲情偶记》等。

【注释赏析】

返棹：乘船返回。棹，船桨。

翠微斑：形容山光水色之青翠缥缈。

留石上：指题刻石上，与美景共存。

不虑：本义难以预料，此引申为不考虑。

斧柯未烂：此引用烂柯山王质遇仙典故。

清人顾赤访评，逐句有奇气。

自龙游趋衢州作

（清）龚鼎孳

吾家石芙蓉，几案秀森触。

其峰三十二，洞壑肖颇酷。

摩挲浴空翠，烟雾时断续。

辞汝远行游，宵征指炎毒。

阴雷中夜斗，凌晓见晴旭。

遥峦插青苍，到眼一惊告。

联娟媚罗幭，对镜看已足。

归枻急逾岭，雪水早消蜀。

绸缪复怀袖，如理登临桐。

篙子疲险陷，吾徒忍欣瞩。

越人长水滨，弄舟幸成俗。

滩声激长啸，羡彼云中鹄。

【诗人简介】

龚鼎孳（1616~1673），字孝升，因出生时庭院中紫芝正开，故号芝麓，谥端毅。安徽合肥人。与吴伟业、钱谦益并称为"江左三大家"。崇祯七年（1634）进士，龚鼎孳在兵科任职，前后弹劾周延儒、陈演、王应熊、陈新甲、吕大器等权臣。明代谏官多好发议论，擅于弹劾别人。龚鼎孳在明亡后，气节沦丧，至于极点。风流放荡，不拘男女。死后百年，被满清划为贰臣之列。著有《定山堂文集》《定山堂诗集》和《诗余》，后人另辑有《龚端毅公奏疏》《龚端毅公手札》《龚端毅公集》等。

【注释赏析】

龚鼎孳洽闻博学，诗文并工，在文人中声望很高，时人把他与江南的钱谦益、吴伟业并称为"江左三大家"。此诗押入声音颇促,排律往往如此。

毂江渔词

（清）左宏锡

绿笠青蓑意自如,晚来一阵雨萧疏。

碧空洗出月如镜,浮石潭边夜打鱼。

【诗人简介】

左宏锡,字荣卿。衢江区浮石乡人。康熙岁贡生。

【注释赏析】

渔词:原指渔民的歌,渔民在撑船、划船时候唱的渔歌,后演化为与水乡有关的诗词,并形成一种独特的诗歌创作方法,多为江南一带诗人使用。

此诗可比照张志和的《渔歌子》,相同之处如:"青箬笠,绿蓑衣,斜风细雨不须归。"不同之处,张志和所咏是白天,而左宏锡所咏则是夜晚。

赠 人

（清）杭世骏

瀫溪溪水縠纹生，日日挈舟溪上行。

女子不知愁客思，晚来渔唱满江城。

【诗人简介】

杭世骏（1695~1773），清代经学家、史学家、文学家、藏书家。字大宗，号堇浦，仁和（今浙江杭州）人。雍正二年（1724）举人，乾隆元年（1736）举鸿博，授编修，官御史。乾隆八年（1743），因上疏言事，遭帝诘问，革职后以奉养老母和攻读著述为事。乾隆十六年（1751）得以平反，官复原职。晚年主讲广东粤秀和江苏扬州两书院。生平勤力学术，著述颇丰，著有《道古堂集》《榕桂堂集》等。

【注释赏析】

挈舟：挈字又作掔，撑船。清吴伟业《梅花庵同林若抚话雨联句》："挈舟浮磵曲，扶杖度山崦。"

末两句同杜牧《泊秦淮》："商女不知亡国恨，隔江犹唱后庭花。"

衢 州

（清）纪 昀

偃蹇低篷下，江船七日行。
夜寒惊水气，风急怯滩声。
久住真无赖，频辞似有情。
也堪称益友，能使躁心平。

【诗人简介】

纪昀（1724～1805），字晓岚，一字春帆，晚号石云。历雍正、乾隆、嘉庆三朝，先后做过武英殿纂修官、三通馆纂修官、功臣馆总纂官、国史馆总纂官、方略馆总校官、四库全书馆总纂官、胜国功臣殉节录总纂官、职官表总裁官、八旗通志馆总裁官、实录馆副总裁官、会典馆副总裁官等。人称一时之大手笔，实非过誉之辞。因其"敏而好学可为文，授之以政无不达"（嘉庆帝御赐碑文），故卒后谥号文达。

【注释赏析】

也真是诗人，常有匪夷所思，船快了，"千里江陵一日还"，何等爽气！溯水行舟，船慢了，几百里水路磨蹭了七天，也有好处，能够练得平心静气。横说竖说，正说反说，押上了韵都是诗。

三衢道中

（清）方芳佩

初到三衢问水程，江乡风物总关情。

滩声澎湃飞流急，帆影参差夕照明。

山鸟啼来偏悦耳，野花看尽不知名。

挑灯坐听篷窗雨，赢得诗怀分外清。

【诗人简介】

方芳佩（1728~1808），字芷斋，号怀蓼，浙江钱塘女诗人。常与徐淑则等唱和。梁山舟重宴鹿鸣，赋诗四章，和者百余人，芳佩时年八十，亦和三章，评者以为诸人不能及。女及媳均能诗，一门均以风雅称。方芳佩著有《在璞堂集》，王鸣盛为之序，推赞备至。

【注释赏析】

江乡：多江河的地方。多指江南水乡。

参差：长短、高低不齐的样子。《诗经·周南·关雎》："参差荇菜，左右流之。"

舟泊衢江上

（清）朱 筠

兹游冠绝梦频牵，十日江行又十年。

远趣昨盟鸥鹭旧，幽情今畅竹松前。

几滩白石喧秋水，万点寒鸦舞暮烟。

诘旦黯然成别汝，去看诸岭踏巉天。

【诗人简介】

朱筠（1729~1781），字竹君，一字美叔，学者称笥河先生。顺天大兴（今属北京）人。珪兄。乾隆十九年（1754）进士，改庶吉士，散馆，授编修。充方略馆纂修官。擢翰林院侍读学士，充日讲起居注官。典试福建，督学安徽。在四库全书处行走，提督福建学政。博闻闳览，于学无不通。解经宗郑、孔，而兼参宋元诸儒之说。论史宗涑水，而历代诸史亦皆考究贯穿，证其同异。惜所著书多未就。有《笥河诗文集》。

【注释赏析】

冠绝：出类拔萃，超越。《宋书·颜延之传》："文章之美，冠绝当时。"

远趣：幽远高超的情趣。《晋书·嵇康传》："康善谈理，又能属文，其高情远趣，率然玄远。"

诘旦：明日清晨。清冒襄《影梅庵忆语》："若宿卿处，诘旦不能报平安。"

衢州道中

（清）钱维乔

尽日滩声里，舟行咫尺艰。

溪光留白鸟，帆影出苍山。

结网渔能乐，摊书客暂闲。

乡心千里外，空逐暮云还。

【诗人简介】

钱维乔（1739~1806），字树参，一字季木，号竹初，晚号半园逸叟，江苏武进人。乾隆状元钱维城弟。乾隆二十七年（1762）举人，官县知县。早岁即工翰墨，为兄代作，已咄咄逼真。后笔尤苍厚，山水茂密不繁，峭秀不塞，作家士气兼备。晚岁笔墨尤精，随意所作，疏老苍浑。著《竹初未定稿》。

【注释赏析】

　　此篇亦诗中有画，滩声舟行、溪光白鸟、帆影苍山，皆摇曳如在眼前。而以"乐"字写结网渔夫，以"闲"字写摊书客子，亦极精准，画中亦应有诗。

自龙游赴衢州作

（清）杨芳灿

拔地千芙蓉，奇秀森动目。

急浃束盘涡，云根削寒绿。

溯流行自迟，延缘苇间宿。

阴雷中夜斗，凌雨下奔瀑。

春枕闻惊湍，江风冷吹烛。

侵晨推篷望，稍喜见晴旭。

浪急鼍横飞，峰危鹤俛啄。

篙师突地吼，水怒不可触。

进寸退辄尺，中流困漩洑。

尔曹疲险艰，吾徒忍欣瞩。

旅宿苦淹留，仰首羡飞鹄。

【诗人简介】

杨芳灿（1753~1815），字才叔，号蓉裳，江苏金匮人。由拔贡应廷试，得补甘肃伏羌县知县。以功擢知灵州。为户部员外郎，与修会典。公余拥书纵读，益务记览。旋丁母忧，贫甚，鬻书以归。尝主讲衢杭、关中、锦江三书院，又入蜀修《四川通志》。好为诗，尤工骈体。著有《翼率斋稿》《芙蓉山馆诗词稿》及骈体文、入《清史稿列传》。

【注释赏析】

芙蓉：此比喻山形如芙蓉。

云根：山石。

延缘：缓慢移行。

惊湍：犹急流。晋潘岳《河阳县作》诗："山气冒山岭，惊湍激严阿。"唐韩愈《龊龊》诗："河堤决东郡，老弱随惊湍。"

侵晨：指黎明，天快亮的时候。

鼍：是中国特有的一种鳄鱼。爬行动物，吻短，体长2米多，背部、尾部均有麟甲。穴居江河岸边，亦称"扬子鳄"、"鼍龙"、"猪婆龙"。

横飞：横跃。

俛啄：低头啄食。《汉书·东方朔传》："尻益高者，鹤俛啄也。"

尔曹：代词，指汝辈，你们。

飞鹄：水鸟，形状像鹅，体较鹅大，羽毛白有光泽，鸣声宏亮，善飞，亦称天鹅。

三衢舟中新霁

（清）李富孙

连日东风作意狂，朝来篷底逗晴光。

江云苍莽还山懒，溪水腾跳下濑忙。

两岸枫林霜正冷，一村茅舍酒初香。

试看野碓舂粳滑，趁好齐登碌碡场。

【诗人简介】

　　李富孙（1764~1843），字既汸，号芗汲，浙江嘉兴人。嘉庆六年（1801）拔贡生。学有本源，与伯兄超孙、从弟遇孙有"后三李"之目。长游四方，从卢文弨、钱大昕、王昶、孙星衍等游。阮元抚浙，肄业诂经精舍，遂湛深经术，尤好读《易》。著有《校经庼文稿》《梅里志》《曝书亭词注》《鹤徵录》《李氏易解剩义》，《七经异文释》《说文辨字正俗》等，脍炙艺林。

【注释赏析】

　　新霁：指雨雪后初晴。楚宋玉《高唐赋》："遇天雨之新霁兮，观百谷之俱集。"

　　下濑：指下濑船。清吴伟业《桃核船》诗："汉家水战习昆明，曼倩偷来下濑横。"

野碓舂粳滑：语出唐代许浑《村舍》中："野碓舂粳滑，山厨焙茗香。"

碌碡：又称碌轴，指石制的圆柱形农具，用来轧谷物，平场地。

将至衢州作

（清）彭蕴章

浮江艇子一鸿毛，行过龙游水渐高。
山色乍添终夜雨，滩声如吼万松涛。
崎岖惯历浑忘倦，汗漫初游欲告劳。
闽峤云深容我住，仙霞岭畔谪仙遭。

【诗人简介】

彭蕴章（1792~1862），字咏莪，江苏长洲人，尚书彭启丰曾孙，清朝大臣。由举人入赀为内阁中书，充军机章京。道光十五年，成进士，授工部主事，仍留直军机处。累迁郎中，历鸿胪寺少卿、光禄寺少卿、顺天府丞、通政司副使、宗人府丞。督福建学政，迁左副都御史。有《松风阁诗钞》。

【注释赏析】

艇子：小船。宋辛弃疾《贺新郎》词："艇子飞来生尘步，唾花寒，唱我新番句。"元萨都剌《早发钓台》诗："艇子钓台东畔发，月轮却在钓台西。"

汗漫：广大，辽远无际，形容漫游之远。

闽峤：指福建境内山地。

河传·瀫水道中

（清）项鸿祚

风转、帆卷、日西斜。人在天涯忆家。疏疏柳丝攒暮鸦，红些。练波明断霞。

休傍栏干船去泊。心绪恶。何况腰如削。酒才醒，愁又生。谁听、琵琶不宜停。

【诗人简介】

项鸿祚（1798~1835），清代词人。名继章、廷纪，字莲生。钱塘（今杭州）人。道光十二年（1832）举人，两应进士试不第，穷愁而卒。家世业盐巨富，至君渐落。鸿祚一生，大似纳兰性德，与龚自珍被称为"西湖双杰"。其词多表现抑郁、感伤之情，著有《忆云词甲乙丙丁稿》四卷，《补遗》一卷。

【注释赏析】

此词关键在"人在天涯忆家"，与马致远《天净沙·秋思》可以对读，"枯藤老树昏鸦，小桥流水人家，古道西风瘦马。夕阳西下，断肠人在天涯。"所不同的是一在马上，一在舟中。

縠江夜泊

（清）李 鉴

川上飞梁驾落虹，半生来往叹飘蓬。

杨村圩里余寒日，浮石滩头泊晚风。

燕市声销屠狗辈，縠江心冷钓鱼翁。

烟波不管人迷处，落尽桃花渡口红。

【诗人简介】

李鉴，字与参，号环溪。福建汀州归化人，主要活动于康熙时期。岁贡。自幼聪明，学识广博，经史百家无不涉猎，尤以文思敏捷，作文每每震惊师友。

【注释赏析】

李鉴诗以桥梁起兴，喟叹人生。沿江的村落、景观、屠夫、钓翁，以"寒"、"晚"、"声销"、"心冷"形容，一路贬抑，但结句偏偏又有一种让人不舍的凄迷之美。细品"落尽桃花渡口红"，与日本人光大的侘寂境界相似。春光阑珊落英缤纷，晚霞中又要出发，这厢迷恋而前面却是烟波浩渺。一个"红"字，在一片凉薄中却有了人间的温度。

上滩行

（清）郑桂金

横江阔，骇浪平中流，稳坐自在行。

滩行忽高水忽浅，波底石齿难分明。

遥闻水声流潝潝，又闻人声嘈急急。

人声水声错杂喧，篙工齐上船头立。

横截危矶激浪来，滩头晴日惊鸣雷。

船前石块大如斗，鞭之不动叱不开。

风饱帆力走未驶，人人束手颜如死。

撑篙踊跃声疾呼，呼声震入云霄里。

须臾船众聚滩前，纷纷贾勇思争先。

涉波胫胯僵且冻，船头奋挽船尾牵。

船腹负背摩两肩，岸旁助纤横索钱。

一滩已过一滩至，行人度日如度年。

呜呼！

安得乞借秦王鞭，驱尽顽石填海渊。

不然鲸吸银河边，倒泄而下成巨川。

鹏程直击九万里，乘空得势凌云烟。

【诗人简介】

郑桂金，字月波，号秋浦。衢州柯城人。清嘉庆癸酉（1813）拔贡，著《七松阁遗稿》，采入《两浙輶轩续录》。

【注释赏析】

瀹瀹：流水湍急声。当日上滩之难，尽入诗篇。面对现状，诗人发挥想象，富有理想主义色彩。

上滩行

（清）龚士范

嘻，惫矣哉！

衢江之水较诸严江已减半，况遭久旱弥觉溪滩干。

以篙水竟不满尺，哪能荡舟而过连上此崔嵬百丈之重滩！

流泉拥石石不走，篙师左右齐挥手。

势将一哄助船行，船头欲前复退后。

临流无策手空回，舱板杂沓纷往来。

团聚梢尾置勿顾，主人怒叱促之开。

须臾赤脚尽入水，水花乱激石齿齿。

背负费尽力百钧，首尾相移仅盈咫。

科头审视来东风，布帆急挂危樯中。

趁此施缆把竹碇，舳舻浮起如乘空。

一滩才过心渐夷，推篷闲望山云低。

游行约计数里许，石濑喧豗又一处。

如堆壁垒当其前，如挟风雷力为拒。

舟子欲上不敢上，一滩神色齐消阻。

吁嗟乎！蜀道之难难于上青天，以此相较难亦然。

安得乞取秦皇鞭，尽驱顽石填海渊。

不然长鲸上吸银河水，倒吸而下成巨川。

一篙如坐天上船，中流自在真神仙。

【诗人简介】

龚士范，字式方，一字墨田，号春帆。大钺长孙。嘉庆辛酉举人，官江西万载知县。有诗稿存。

【注释赏析】

此诗述尽当日上滩之难，如今河道整治，筑坝蓄水，"衢州有礼"号游轮可以从杭州安稳抵衢州，诗人梦想成仙的事，不用秦鞭叱石而成。

縠　溪

（清）龚大钦

错疑濯锦水波融，滑笏纹轻绉好风。

霞绮散归浮石外，雨丝掠过绣溪中。

晴拖岭脚浑如带，影落桥头未断虹。

最爱夕阳光掩映，片帆斜挂半江红。

【诗人简介】

龚大钦，字惟昊，号诚斋。衢州西安县人。乾隆副榜举人。胸罗积轴，兴酣落笔，光彩陆离。与兄龚大锐、弟龚大沁时有"三珠"之目。教育生徒，皆成令器。著有《诚斋诗集》。

【注释赏析】

此诗开篇用濯锦、滑笏形容衢江的波光水色。濯锦是成都一带所产的织锦，以华美著称。滑笏指水波动荡的样子，纪昀《阅微草堂笔记·滦阳消夏录五》："忆晚唐有'鱼鳞可怜紫，鸭毛自然碧'句，无一字言春水，而晴波滑笏之状，如在目前。"

首联可泛指所有江河，颔联就紧扣衢江，以浮石、绣溪点化，无论霞散溦滟还是雨掠空濛，都呈现不同的美景。

颈联写因水涨落所形成的如带岭脚和似虹桥梁，观察细腻。

末联与宋代汪泌咏衢江诗同工，夕阳染红半江，片帆穿插其间，画面优美，动人遐思。

縠江棹歌

（清）叶如圭

定阳溪上冰冻消，浮石潭边春涨遥。

只向桃花深处去，一生不见浙江潮。

打棹声中梦乍醒，小舟随意岸边停。

盈川渡口烟波绿，盈川埠头杨柳青。

【诗人简介】

叶如圭（1843~?），字荣甫，号梧生，一号蓉浦。衢州柯城仁德坊人。从宿儒郑沅学，砥砺攻苦，博习经史。为文气息醇厚，尤长于骈俪。肄业诂经精舍。同治甲戌（1874）科进士。钦点刑部主事，官知府、布政使。著有《存素堂集》《瘦灯吟屋诗稿》《古艳诗存》《洪都吟草》等。

【注释赏析】

棹歌：原指渔民的歌，棹本义船桨，棹歌即指渔民在撑船、划船时候唱的渔歌。

叶诗也有鲜明的棹歌色彩，轻快洒脱，宜金樽檀板并二八少女助唱。

衢州至龙游

（琉球）东国兴

挂帆东风柘水澜，青山送客路漫漫。
孤舟江上日将晚，二月浙西春尚寒。
高鸟冲烟盘渡口，重城随棹出云端。
一樽来泊前津夜，星月萧萧姑蔑滩。

【诗人简介】

东国兴（1816~1877），字子祥，童名樽金。琉球国人，出生在东氏津波古殿内家族。政治家、诗人。道光二十一年（1840），与阮宣诏、郑学楷、向克秀等远赴重洋来到中国，从师国子监教习孙衣言。1847年学成回国，与郑学楷同被尚育王任命为国学讲谈师匠，负责教育首里士族子弟。此后历任御系图假中取、御系图座中取、高奉行、讲谈读上役、御书院当等职务。1858年成为御同学，担任尚泰王的侍讲。翌年授予佐敷间切津波古地头职。有作品集《东国兴诗稿》。

【注释赏析】

柘水：浙水钱塘江。

颔联"高鸟"句出自陆游《江亭》，对仗灵动而工。

再过潋水

（琉球）蔡大鼎

前宵异步铜江月，此晚重乘潋水风。
水气冲霄千顷白，霞光发浪万方红。

【诗人简介】

蔡大鼎（1823~?），字汝霖，琉球国人。第二尚氏王朝末期政治运动家、诗人。出生在琉球久米村，其祖先是汉人移民的后裔。1848 年，蔡大鼎等人前往清朝的福州，学习风水地理和修葺王陵之法。1867 年，担任署长史，曾与杨光裕等前往迎接清朝册封使赵新、于光甲等。1875 年，日本强迫琉球停止向清朝朝贡。琉球国王尚泰秘密派遣蔡大鼎等 19 人经太平山（今八重山群岛）抵达福州，将求救密信交给闽浙总督何璟，由其辗转送达清廷。

日本吞并琉球后，蔡大鼎等拒绝回国，并不断为琉球问题而奔走，最终客死中国。有《北上杂记》《程公宪文传副》《闽山游草》《续闽山游草》《北燕游草》《漏刻楼集》等作品。

【注释赏析】

用白和红形容潋水不同背景下的色彩，千顷万方，自然天成，非寻常丹青能绘就。

郭外书怀

（琉球）蔡大鼎

一出衢州夜色苍，道旁花草为谁香？
惊寒断雁排空起，欲寄音书驿路长。

【注释赏析】

此诗多神来之笔，使人想起宋代史铸《咏翻集句》："东篱黄菊为谁香？不学群葩附艳阳。直待索秋霜色裹，自甘孤处作孤芳。"读者尚流连徘徊，诗人又转折一笔，惊雁排空，乡思翻涌。虽为海外诗人所作，扬葩振藻亦擅其秀，也可见当时中国文化的影响。

瀔江渔词（选一）

（民国）郑永禧

瀔江江上晚烟多，杨柳湾深打桨过。

睡起不知泊何处，一钩凉月浸渔蓑。

【诗人简介】

郑永禧（1866~1931），字纬臣，号渭川。清末民初文史大家。衢州柯城人，光绪解元。官湖北恩施县任知事、浙江省议会秘书长。著有《春秋地理变迁考》《衢州乡土卮言》《烂柯山志》《竹隐庐随笔》《隐林》《施州考古录》《西安怀旧录》《不其山馆诗稿》《顽瞽诗存》《老盲吟》等，主纂《衢县志》。

【注释赏析】

渔词亦如棹歌，所述亦同叶如圭诗，晚江烟霞，杨柳深湾，叶诗中"梦醒"，郑诗中"睡起"，小舟随意，任尔东西。

末句"一钩凉月浸渔蓑"，与丰子恺"人散后一钩新月天如水"画意相近，潇洒的同时也有几许凄清的迷惘。

衢江舟次

（民国）萧梦霞

暮色苍然至，江烟冷翠微。

山吞残日没，雁带断云飞。

客思先秋起，交情一病稀。

烂柯今在望，无处问仙棋。

【诗人简介】

萧梦霞，民国优秀诗人。江西广丰县人，小商家业，爱诗如命，活跃于20世纪三四十年代，1956年去世，有《易水集》。其抗战以前诗，特色以才气、韵味为主，风格以清秀、绮丽为主。抗战以后诗，特色变为以诗史为主，风格则变为以沉郁顿挫为主。

【注释赏析】

此诗开篇苍茫，"山吞"、"雁带"写景颇大气，"客思"、"交情"转入低迷。

结联一仍其旧，以遗憾带过，读之不免爽然。萧梦霞诗学盛唐，经国难家愁之变，晚效西江，感物而动，于心而发，抑塞磊落，沉郁悲凉，萧散浑成间有勃然不可磨灭之气。

二、上方

凤山远眺

（清）叶师亮

湿云起山坳，白雨已如注。

林木翳朝昏，飞鸟敛归翅。

阳曦蓦然生，豁见出尘滓。

田禾枯复兴，郁勃有生致。

【诗人简介】

叶师亮，字钜明，号河千。衢州西安县人，雍正间诸生。颖悟力学，淹博古今。九经注释，无不默识。书法得颜柳遗意。

【注释赏析】

凤山在衢北芝溪源，上极平旷，可治田圃。出游下雨虽有些不便，但诗人游兴不减，雨中景色也别有风致。好在不久雨过天晴，尤其诗人心系农事，庄稼久旱逢甘霖，尽管自己淋湿了也不掩喜悦。

宿龙山寺

（清）叶闻性

倚杖层峰顶，和云宿上方。

鸟归岩树暝，茶煮石泉香。

灯影当窗乱，风声入夜狂。

梦余还得句，空院觉更长。

【诗人简介】

叶闻性（1700~?），字逢原，一作文源，号竹巢。衢州西安县人，乾隆辛酉（1741）拔贡。性敦厚，好施与。少从钱塘费丹林先生游，尤长于诗。后膺选入都，官知县，以母老归养，居莲溪。著诗自娱，有《自娱集》，采入《两浙輶轩录补遗》。

【注释赏析】

龙山寺在今上方镇境内，有上下之别，上龙山寺犹存，始建于西晋年间，2006 年重修，主体建筑坐西朝东，总占地面积约552 平方米。

此诗紧扣一个"宿"字，寺外天黑鸟归，寺内煮茶品茗。

颈联体悟细致，恐怕是推敲久之，"梦余"灵感迸发的杰作。

与徐古斋再过龙山宿僧寺

（清）叶闻性

逶迤山路短笻支，又是秋风黄叶时。

岭抹寒烟僧舍杳，松围古磴女萝垂。

一林竹影传清梵，半壁禅灯读旧诗。

此夜连床谈在昔，心期唯许白云知。

【注释赏析】

徐古斋生平不详。

与友人连榻夜语，与前首诗的寂寞大相径庭。

过东京坞

（清）范广城

一径盘旋上，几家藏树巅。

人闲花点袂，溪小竹分泉。

欲得忘机者，相逢可粲然。

白云自舒卷，竟日为流连。

【诗人简介】

范广城，字希皋。衢州西安县人。同治间廪生。髫龀刻苦，好读秦汉书，尤工诗。惜年未及冠，咯血而殁。论者以李长吉比之。著《啸云山房诗课》，采入《两浙輶轩续录》。

【注释赏析】

东京坞在今上方镇境内东京村，芝溪东旧为金氏所居而得名东金，又以金、京方言音近而易名。范广成写诗用力如李贺沤心沥血，而风格如陆游平易有味。全诗白描，触处生景，而其人飘逸出尘如白云般悠闲自在。

三、灰坪

游朝阳洞

（清）叶闻性

百里芝溪源，云岫纷环簇。

山行不惮深，扶杖穷幽谷。

危亭结悬崖，缥缈双飞瀑。

湾环逾数程，有山炉其腹。

豁然启岩扃，上敞而下蹙。

深入苦黝暗，欲进还蓄缩。

来朝邀良朋，缠藤复然烛。

鱼贯侧身进，异景豁我目。

层轩飞梁栋，钟乳饮蝙蝠。

龙堂紫贝烂，似入鱼鳞屋。

虚心闻地籁，泉流响琴筑。

始知窍山川，乘阴地所属。

何日谢尘凡，篝灯洞中宿。

【注释赏析】

朝阳洞：在今灰坪乡境内。

紫贝：宝螺科贝类，紫斑而骨白，是中国上古时期的"货币"中价值最高者。

烂：有光彩，如灿烂。

筑：古代弦乐器，形似琴，有十三弦。演奏时，左手按弦的一端，右手执竹尺击弦发音。

白塔洞第二层闻潮声

（清）徐崇奎

尘心应涤尽，揩杖过溪桥。
古洞携云入，枯松缚炬烧。
泉香流石髓，岩润茁芝苗。
澎湃真奇绝，来听地底潮。

【诗人简介】

徐崇奎，字吉光，号晴江，一号晴川。衢州西安县人。乾隆戊子（1767）举人。官广东揭阳知县。诸《梦花书屋诗抄》，采入《两浙輶轩录补遗》。

【注释赏析】

白塔洞：在今灰坪乡境内。洞厅气势宏大，洞内因叠立石柱三樽，形如三座白塔，故名白塔洞。白塔洞第二层有龙潭，水声汹涌如潮。

撑杖：拄着手杖。

白塔洞第二层闻潮声

（清）杨家龙

塔影岧峣一径幽，碧云晴绕万峰秋。

岩前野鹿衔芝过，踏破苔痕翠欲流。

【诗人简介】

杨家龙，生平事略不详。民国《衢县志》另载其《题张应麟祠》诗："千丞家家福，馨香俎豆升。一鞭沉白马，三堰压黄陵。终古溪流在，沿堤庙貌凭。灵旗风猎猎，瞻拜尚陵镜。"

【注释赏析】

岧峣：高峻的样子。

此诗起笔开阔，刻画也精致，却无一笔写溶洞景色，也是一奇。

仙源三洞（三首）

（民国）徐映璞

白塔洞

三塔如何在洞中，层层夹顶顶玄穹。

诸天仙释谁雕刻？遍地金银孰化融。

桥险直跨丹凤阙，潭深还作大龙泓。

亭台楼阁般般现，更喜游程曲径通。

凉棚洞

凉棚杰构如高阙，楼阁曾传有挂梯。

岚气浮行随水出，石芝横卧与人齐。

珠泉垂线潜丹井，佛豆平铺不染泥。

洞后更开新境界，从兹奇迹问金鸡。

金鸡洞

金鸡洞府十六进，进进横桥过水涯。

经塔每因檐幔卷，房枕都用布帏遮。

灵真化育通儒释，几案纷陈似室家。

独立一鸡龟在治，占天报晓不争差。

【诗人简介】

徐映璞（1892~1981），字镜泉，号清平山人。衢州徐家坞村人。晚清廪生。文史学家、诗人。毕生致力于地方志的研究与编纂。1946年应浙江通志馆馆长余绍宋之邀，编纂《田地考序列》《军事略》。其《孔氏南宗考略》对孔氏南宗800余年来之典章文物古迹遗闻做了详尽介绍与考订。20世纪50年代，被推为杭州文坛"三老"之一。编著有《鹿鸣诗社初集》《清平山人诗集》《浙江灵鹫山志》《两浙史事丛稿》《杭州山水寺院名胜志》《清平字说》《清平诗课》等。《西湖志》入传。

【注释赏析】

三洞皆在今灰坪乡境内，凉棚洞亦名两头洞，离白塔洞二三里，一石如赤城壁立，障洞口。水自洞中绕石而出，其宏敞伟丽为衢北诸洞之最。金鸡洞深百余米，洞内石花、石笋、石幔、石钟乳千姿百态，有龙宫殿、仙人石、金鸡独立、层状梯田、地下暗河等景观。

四、峡川

七言排律回文二十韵

（明）叶秉敬

明圣挺天皇极建，盛朝熙洽庆嵩呼。

生民化育敷仁吏，庶士尊经诵法儒。

盟主道流全会浙，孔宗神派嫡传衢。

盈川大注环溪濑，叶族寒儒谬属吾。

精意刻求循正脉，细心潜体返迷涂。

情闲断扫空除翳，念切真完朴守株。

衡鉴堪天惊梦破，悃忱舒日抱忠孤。

英豪气愤含思永，义信联交朋党无。

卿用□□□我，汉来汉现胡来胡。

轻车走去随平险，熟□□□□进趋。

争飐避群摽鹤鹤，笑歌迎耳快呜呜。

笙鸾奏水滨园竹，锦凤栖云黄苑梧。

城市远时清植节，定山深处静藏躯。

晴空远架笔峰紫，细浪迴缠墩石乌。

荣秀芝溪澄浸碧，丽鲜桃坞莹凝酥。

横经阁暖藜撑杖，洒墨池寒泽写蒲。

睛点龙腾翻筒蠡，耳惊狮吼震疑狐。

晶含粹玉和持璞，砾汰精金镤锻鑪。

声应雷鸣鼍奏鼓，字书云影雁衔芦。

旌悬日彩高题额，附窃名家作范模。

【诗人简介】

叶秉敬（1562~1627），字敬君，号寅阳，衢州西安县峡川人。秉性好学，幼通经史。万历二十九年（1601）进士，历任工部都水司主事，守开封府，提督河南学政、江西布政使司、大中大夫、右参政、荆西道布政司参议。学问淹通，多处讲学，著作宏富，晚年致仕归里。天启三年（1623），应知府林应翔邀，编纂《衢州府志》。书法亦自成一体，笔法豪放遒劲，有草书《灵山酌水赋》传世。

【注释赏析】

回文指词句中顺读倒读皆可的情况，也叫回环。排律回文犹难，颇见诗人遣词造句的功力。

白云岩秋意

（清）冯世魁

山居初入夜，秋色绕空廊。

月漏松枝细，风生竹阵狂。

灶添新扫叶，几暖未残香。

小饮浇书后，蛩声正在床。

【诗人简介】

冯世魁，字亦元，号冠五。衢州西安人，乾隆间廪生。著《听莺亭集》，采入《两浙輶轩续录》。

【注释赏析】

白云岩在今峡川镇境内，中空，右有瀑布缘崖而下。岩处高山深壑之中，古时乔木森森，常有白云缭绕，遂称白云岩。

浇书：宋赵与虤《娱书堂诗话》卷上："东坡谓晨饮为浇书，李黄门谓午睡为摊饭。"清钱谦益《赠星士》诗："浇书摊饭醉仍眠，任运腾腾信往缘。"

蛩声：蟋蟀的鸣声，白居易《禁中闻蛩》诗："西窗独闇坐，满耳新蛩声。"

南湖寺

（清）余 华

香林半壁占南湖，烟嶂如屏列画图。

墙角百竿篁翠拥，门前千亩稻云铺。

客过惊吠眠花犬，钟动飞来候饭乌。

听说宰官频借宿，可留宝带似髯苏。

【诗人简介】

余华，字佩斋，乾隆嘉庆间龙游县人。生而躯体魁梧，臂力过人，然颖敏善书，工于篆隶。精骑射，应武试为武庠生。善书工篆，嗜诗酒，然后弃弓矢折节读书，与叶淳、余可大相交至笃。叶淳与开化戴敦元至好，余华因识之。戴敦元序其集，甚相推许。筑室于城南西湖，朝夕谈论金石书画、诗词酬唱。湖中有堤，名星堤，遂以为号。余可大曾作《星堤步月图》，一时题诗者如江之鲫。性刚介，不事干谒，乡间咸敬之。为诗清和深秀，出入唐宋。著《星堤诗草》8卷。

【注释赏析】

南湖寺，民国《衢县志》载："在城北五十里峡口村。寺颇宏敞。门有万历戊午（1618）叶秉敬题'南湖禅寺'额。同治十三年（1874）重整，今圮。"

颈联观察细腻，"候饭乌"可作巴甫洛夫条件反射学说的例证。有晚唐风致。

五、杜泽

赠兴善彻公上人

（唐）李　洞

师资怀剑外，徒步管街东。
九里山横烧，三条木落风。
古池曾看鹤，新塔未吟虫。
夜久龙髯冷，年多麈尾空。
心宗本无碍，问学岂难同。

【诗人简介】

李洞，字才江，京兆人，诸王孙也。慕贾岛为诗，铸其像，事之如神。时人但诮其僻涩，而不能贵其奇峭，唯吴融称之。昭宗时不第，游蜀卒。诗三卷。

【注释赏析】

彻公：即大彻禅师，原姓祝，号惟宽，衢州人。杜泽境内明里寺为其道场。唐元和四年（809），宪宗章武皇帝在京都安国寺召见大彻禅师，此后禅师便住长安兴善寺。白居易曾多次问道于大彻禅师，以师礼待之，结下了深厚情谊。大彻禅师圆寂后，白居易为其撰《传法堂碑》。

寄彻公

（唐）杨　衡

北风吹霜霜月明，荷叶枯尽越水清。
别来几度龙宫宿，雪山童子应相逐。

【诗人简介】

杨衡，字仲师，吴兴人。生卒年均不详，约唐代宗大历初年前后在世。天宝间，避地至江西，初与符载、崔群、宋济等同隐庐山，结草堂于五老峰下，号"山中四友"。日以琴酒相娱。后登第，官至大理评事。有诗集一卷，《唐才子传》传于世。

送彻公

（唐）杨　衡

白首年空度，幽居俗岂知。
败蕉依晚日，孤鹤立秋墀。
久客何由造，禅门不可窥。
会同尘外友，斋沐奉威仪。

【注释赏析】

墀：台阶上面的空地。

洛下赠彻公

（唐）陈 羽

天竺沙门洛下逢，请为同社笑相容。

支颐忽望碧云里，心爱嵩山第几重？

【诗人简介】

陈羽，江东人。中唐诗人。贞元八年（792），与诗僧灵同登进士第，与韩愈、王涯等共为龙虎榜，后仕历东宫卫佐。工诗，与上人灵一交游，唱答颇多。

【注释赏析】

洛下：指河南洛阳城。

此诗三四句精神俱出，昂首云天，点破而不说破，有味。

宿大彻禅师故院

（唐）雍 陶

竹房谁继生前事，松月空悬过去心。

秋磬数声天欲晓，影堂斜掩一灯深。

【诗人简介】

雍陶（805~?），字国钧，成都人。少贫，遭蜀中乱后，播越羁旅，唐大和八年（834）进士及第。工于词赋，一时名辈，咸伟其作。然恃才傲睨，薄于亲党。大中六年（852），授国子毛诗博士。与贾岛等友善，以琴樽诗翰相娱，留长安中。大中八年（854），出刺简州，时名益重，自比谢宣城、柳吴兴。后为雅州刺史，竟辞荣，闲居庐岳，养疴傲世，与尘事日冥。有《唐志集》5卷，今传。

【注释赏析】

此诗写宿，却一夜无眠。及至凌晨，天欲晓而一灯深。想必连榻夜语或读书不缀，不知东方之既白。

明果禅寺证真塔颂

（宋）赵 抃

禅师大种智，神护靡惮劳。

投身千仞台，不使损一毫。

乐天询法要，辩答奔云涛。

至今灵骨在，白浪滔天高。

【注释赏析】

　　明果寺位于今杜泽镇境内，距城 35 公里，始建于公元 684 年，以唐女皇武则天亲书额"明果寺"而得名。康熙《西安县志》：山势灵秀，溪水回环，前有钵盂山，极似钵形，寺场最古，唐女主则天亲书额，有白居易传法堂记。

至正壬午二月望旦奉议大夫祝完者都、嘉议大夫郑用和游明果寺题

（元）佚名

山岭重重耸北缘，龙蟠虎踞不虚传。

溪分水涯铜刀涧，石渗波涵玉井泉。

光弼碑崩名尚在，元和塔圮址依然。

宋元唐记砧基录，书额当年仰则天。

【注释赏析】

至正壬午：即元朝至正二年（1342）。

祝完者都：汉名祝汝玉，元代衢州人。官奉议大夫、庆元路奉化州知州兼劝农事。

郑用和：字彦礼，号九翠。衢州下坦（今属九华乡）人，延祐五年（1318）进士，累官海道都漕运万户府万户，赠中大夫、太平路总管、轻车都尉等职，封荥阳侯。

铜刀涧：铜山源上游溪名。

明果寺为唐大彻禅师道场，有师漆布真身，又有元和证真塔，杨光弼记。

白鹤庵

（明）徐可求

苍松翠柏几经春，旧日茅庐结莽榛。

共道幽栖盘涧谷，却看缟羽舞苔茵。

飞仙有分还招隐，古佛无言也笑人。

寂寞山僧趺坐久，喃喃相对说玄真。

【诗人简介】

徐可求（？～1621），字世范，号观我，衢州西安人。性善解悟，卓有学识。万历壬辰（1592）科进士。累官至四川巡抚，为政有仁声，死于奢崇明之乱。明熹宗嘉其忠烈，赠官荫子，褒恤有加。墓葬烂柯山。

【注释赏析】

白鹤庵：元代至正八年（1346）建。《铜峰杜氏谱》载：唐有白鹤禅师结茅于此。元时，杜氏祖秉彝舍山为寺基，重建此庵。里人杜椿有《招鹤亭》诗，内一联"声彻九皋清露冷，影归三岛片云闲"，为时所称。

此诗只说山僧坐久，而不说自己，更不说相谈之契，是一种曲折笔法。

白鹤山

（清）朱联芳

曲曲深山东复西，为寻白鹤到招提。
寒松兀立涛声远，短竹交围石径低。
佛境客来无犬吠，山房僧去有云栖。
我今展步回廊下，冷落如何只鸟啼。

【诗人简介】

朱联芳，原名金榜，号南崧，晚更号拙翁。衢州西安县城北文林村人。主要活动于嘉道年间。究心理学，试不售，徜徉山水间，携酒抚琴，终身不问世，以布衣老。有《南崧诗草》。

【注释赏析】

白鹤山：在杜泽镇境内，与项山相对，杜泽杜氏奉为祖山。相传古有两对白鹤降此，以为吉兆而得名。

招提：寺院的别称。

诗境颇冷清，寒松响涛，短竹拂石，没有犬吠，更少僧影，只有一只鸟儿顾自啼鸣，怎一个静字了得。

重建祥符寺功竣复归明果

（清）释顿闻

尘世何堪问是非，夜来悟得一禅机。

不如撒手归山去，闲看白云野鹤飞。

【诗人简介】

释顿闻，一名本修。康熙间明果寺僧。湖南辰溪县人。俗姓万。性至孝，耽恬淡。贸易浙江，遇南岳二僧。遂祝发明果寺，得法于形山禅师。康熙甲寅（1674），于浙江总督李之芳处领缘，重建衢州祥符禅寺。圆寂于明果寺。诗辑入《两浙輶轩续录》。

【注释赏析】

典型禅诗，万般皆空，不如归去来也，投闲置散，过白云青山野鹤松间的日子。

游明果寺

（清）余思濂

古径响双屐，无人僧不诃。

黠猿牵槛竹，驯鹤踏庭莎。

日落山精见，年深经佛多。

欲论南北法，禅坐意如何？

【诗人简介】

余思濂，字淑周，号毅堂。衢州西安县人。节俭自守，书无不读。雍正间邑增生。以孙余本敦驰封中宪大夫。诗辑入《两浙輏轩续录》。

【注释赏析】

黠猿、驯鹤想见当日生态，果真山静似太古，日长如小年。

游明果寺（四首选一）

（清）徐崇焖

兰若白云封，追随物外踪。

水回开别境，路转失前峰。

傍晚频看日，投林但信钟。

真僧遗蜕在，旷劫却相逢。

【诗人简介】

徐崇焖，字宝光，号西河，又号莲湖。乾隆辛卯（1771）举人。官江苏甘泉知县、署泰州知州。所至皆以文学饰吏治，士民爱戴。尝蓄一鹤，之任必以随，每当视事时，讼庭胥吏错立，鹤亦参差其中。逸韵高风抑可想见。先生吟咏自娱，不事雕琢。著《莲湖诗草》，采入《两浙輏轩续录》。

【注释赏析】

诗颔联别出一格，与"山重水覆疑无路，柳暗花明又一村"不同，倒是山景写实，也深含意会。

颈联亦好，与"山僧不解数甲子，一叶落知天下秋"意同。

自注：曾手摹古塔铭读之。又：谒方孟旋公墓于对寺钵盂山，枳棘丛深不得到。

游明果寺

（清）王登贤

经过五花峰，到寺日已暮。

凌晨登后山，领略山中趣。

石磴覆回廊，坳突扶栏步。

禅阁峙其岭，胜览于兹据。

杲杲镜出匣，众山收晓雾。

林木合笙簧，百鸟啼不住。

东房启小窗，危岩飞瀑布。

声如松风鸣，一泻幽壑注。

灵境绝氛埃，二酉藏书处。

应有下惟人，才思江山助。

如何三百年，钵盂形如故。

林於簇层峦，翠滴霏霏雨。

但参玉版禅，空对娑罗树。

【诗人简介】

王登贤，字其秀，号锦里，别号慕庭。衢州西安县人。王荣统子。乾隆辛丑（1781）岁贡。博学能文，尤工韵语，著《慕庭集》，任菱湖社长。

【注释赏析】

二酉：大酉、小酉二山。在今湖南省沅陵县西北，《太平御览》卷四九引《荆州记》，小酉山洞中有书千卷，秦人曾隐学于此，后即以"二酉"称丰富的藏书。

钵盂：原注谓方孟旋先生墓在钵盂山。

同人游明果禅寺并序

名山梵宇，所在皆有。无人表彰之，则亦培塿茆庵耳。铜山明果寺，创于唐武后，亲为书额。迨贞元中，为大彻禅师道场。宪宗皇帝召见，赐今号。白太傅乐天作《传法堂记》，其元和澄真塔铭为杨光弼撰，则其传由来旧矣。第山川胜概，不少见于艺林，未免觖如。今岁秋仲，同人来游，长老茶瓜留客，遂各赋短篇以纪。一时游观之盛，少为山灵生色，并勒诸石，以贻后之游者。时乾隆乙未重九后七日也。

访菊归来后，寻幽有报书。
铜山留古刹，莲社结真如。
分道千林隔，盍簪一笑余。
非因玄度侣，那识远公庐。

冰轮钟唤出，相对尚团团。
万籁一时静，群峰四面攒。
清池通石溜，香合压云端。
莫谓天衢杳，丹梯左右盘。

竹溪多胜友，粤国一菲才。
瀹茗连床话，寻诗杖策陪。
西原探率堵，钵坞吊泉台。
骨朽文名在，孤坟任草莱。

得践冥搜约，何妨十日留。
白云勤款客，黑蜧促行驺。
束带真堪笑，移文莫便投。
还余清兴在，信宿订重游。

（岭南芸圃钟国宝）

弯环穷鸟道，何地辟鸿蒙。
一径穿云壑，千山拥梵宫。
涨天丛桧碧，雨砌晚花红。
历劫真身在，才来尘虑空。

年衰力未败，振策恣寻幽。
曲槛蟠猿径，层巅结蜃楼。
磬声落树杪，云气出床头。
坐久浑忘去，将行更小留。

独羡风流宰，乘闲却簿书。
爱山携有屐，虑我出无车。
支许情偏切，钟期遇岂虚。
更怀诸老友，远道尚徐徐。

喜得群贤集，登临兴转奢。
云山同谢朓，诗酒尽刘叉。
竹院闲看弈，松窗想品茶。
漫嫌归思促，重订入烟霞。
（莲溪逢原叶闻性）

蜡屐曾过处，溪山似故人。
转惊绀殿壮，却怪白头新。
入室僧如昨，期来客有神。
辗然成一笑，斜景满松筠。

白云分半榻，茶话篆烟香。
尘界秋偏热，上方僧自凉。
暗泉声猇泷，远岫郁苍苍。
何意空山里，鹓鸾厕雁行。

攲磴盘空仄，危栏趁广横。
峰围天亦小，阁耸月逾明。
帝座通呼吸，瞿昙绝送迎。
高寒诗思瘦，散落作秋声。

愧乏龙门笔，难工雁塔辞。
买山专说法，乞诔为存师。
海内文章伯，道旁枳棘碑。
名高坟土陷，犹有老僧知。
　　（菱湖二川陈圣洛）

行行日欲颓，山绕路迂回。
谷口篮舆转，林中精舍开。
几年相订约，今日此低徊。
且拟探幽胜，钟鱼莫漫催。

供设伊蒲洁，灯悬丈室明。
远期人预至，倒屣笑相迎。
月色诸天澈，钟声万壑清。
远公知客至，不废酒盈觥。

嵌空飞阁迥，举目眩生花。
螺髻云中现，虬根石上拿。
抱山长涧合，随础曲栏斜。
老惫逢佳境，翻然足力加。
　　（云崿陈圣泽）

寻幽情不尽，访古入重峦。
藓碣凭剥认，荒坟欲拜难。
山空泉易响，秋老树知寒。

尤胜匡庐社，陶眉不用攒。
（西河宝光徐崇焵）

不到真如寺，流光十度萤。
云山犹好在，溪路旧曾经。
鸟意归林急，钟声隔岭听。
禅和非夙昔，一笑亦忘形。
万木攒初地，双池净俗嚣。
何期禅室赏，重与故人遭。
竹引涧泉活，天团山月高。
但须频煮茗，不用更焚膏。

妙香飘不尽，高处有精蓝。
沿础花连屐，排云拂一龛。
晴山青自合，晓树绿相参。
色相弥空际，幽深欲共探。

欲访先儒垄，攀跻阻蒺藜。
不成摩石碣，还复过青溪。
扫石开棋局，移樽就菊畦。
登临多感慨，为续昔年题。
（武原朱振潢时年七十有六）

同孝廉徐采朝、徐葆光，进士张维清，家兄二川游明果寺

（清）陈圣泽

林塘枫叶醉，野岸菊花秋。

此日转重九，青山笑白头。

文章埋枳棘，禅定长松楸。

万法皆如是，何尝秉烛游。

【诗人简介】

陈圣泽，字云崿，号橘洲。清代衢州柯城人。陈圣洛季弟。幼孤服贾，年二十四复折节读书。精研经传，抉奥钓元，诗学韩杜，而出以柔脆之笔，面目一新，为一时吟坛指南，名动公卿。户外多长者车辙。橘洲啸歌山满楼上，唯以著书自乐。有《读易记》《诗经集说》《读杜解》《橘洲近稿》。

【注释赏析】

原注：寺前有方孟旋先生墓，寺西有名僧形山和尚塔。

此诗因秋而兴发，人生尔尔，末句出自东汉的《古诗十九首》："生年不满百，常怀千岁忧。昼短苦夜长，何不秉烛游。"

吊大彻禅师真身

（清）范　珏

飞锡何年去上方，白云长恋远公房。

岩间禽语梦初破，竹下石泉烹自香。

苔藓缠碑埋断径，松杉满院透斜阳。

灞陵原上秋风冷，又有金身一塔藏。

【诗人简介】

范珏，字亦萧，号石潭。衢州西安县人。康熙间诸生。事亲孝，有文名。淡于仕进，暇则寄情吟咏，抒写性灵，风格与晚唐相近。著《石潭集》。

【注释赏析】

灞陵：按白居易《传法堂碑》大彻六十三终兴善寺，葬长安灞陵西原，而明果寺西亦名灞陵西原，恐是附会。

项王庙题壁（二首）

（清）杜邦达

刘项纷争一局棋，成非为福败何亏。

夕阳返照西山紫，犹想英风起义旗。

妇人漫表史臣题，试问宫中吕野鸡。

若使荥阳围不解，可能殉节比虞兮？

【诗人简介】

　　杜邦达，字璧臣，衢江区杜泽人。清康熙四十七年（1708）岁贡，官奉化县训导。

【注释赏析】

　　吕野鸡：即吕雉，汉高祖刘邦皇后。

　　虞兮：虞姬为西楚霸王项羽爱姬，常随项羽出征。楚汉相争后期，项羽趋于败局，于汉高祖五年（前202），被汉军围困垓下（今安徽省灵璧县南），兵少粮尽，夜闻四面楚歌，哀大势已去，面对虞姬，在营帐中酌酒悲歌："力拔山兮气盖世，时不利兮骓不逝，骓不逝兮可奈何，虞兮虞兮奈若何？"

项　山

（清）申　甫

赤蛇终伏雨如倾，萧鼓崇山庙一楹。

剥破苔花求颂石，银钩空吊贺兰诚。

【诗人简介】

　　申甫（1706~1778），字及甫，号笏山，一号拂珊，别号补亭。原籍江都，父承德为衢州西安驿丞，因家焉。词科举目直作浙江西安人。幼盈异，复自刻苦，诗章秀拔，律调尤妍。乾隆丙辰（1736）举博学鸿词。辛酉（1741）顺天乡试举人。直军机，掌内制十余年，官至都察院左副都御史。著《笏山诗钞》。

【注释赏析】

　　项山在今杜泽镇境内，海拔高 853 米，属千里岗山脉。据《明一统志》载：西楚霸王项羽少时与叔梁避仇吴中，及举兵时，梁为会稽守，羽为偏将，下县于斯，故名项山，俗称王山。"剥破苔花求颂石"，山上旧有项羽庙，唐衢州刺史贺兰进明祷雨碑刻。

项山怀古

（清）郑桂东

八千子弟震鼙鼓，垓下一歌泣风雨。

千秋尚有项王山，刘季已无三寸土。

忆昔钜鹿走破秦，鏖战不做壁上人。

喑呜叱咤风云变，诸侯上将皆称臣。

鸿门失计撞玉斗，汉兴楚灭一杯酒。

不杀缟有王者风，鸿沟划断约难久。

汉家君相阴谋多，岂因义帝举干戈。

乌江一骑突围走，悲愤声声唤奈何。

吁噫嘻！吕雉腥闻虞兮死，汉廷寂寞王庙祀。

项刘得失究如何，劝王勿愤王当喜。

【诗人简介】

　　郑桂东，字湘舲，一字芗林。郑焕子。道光癸卯（1843）举人。经史之外，怡情吟咏，风琴雅管。著《得月楼诗》《百花咏》，采入《两浙輶轩续录》。

【注释赏析】

项山：原有题注：在城北四十里。

此诗借项山凭吊千古，以项羽以浇自家块磊。郑桂东以知县分发江南，家贫无旅资不能赴任，留家教学。诗多咏汉代人物如萧何、张良、韩信，以寄心迹。

望项山

（清）徐逢春

独坐山之隈，项山与天齐。

我为一引领，山高树色谜。

遗趾烟霞结，残碑风雨凄。

野狐曾见宿，雏马未闻嘶。

目之慨齐鲁，豪杰不胜数。

崛起陇亩中，重瞳谁与伍。

成败非所论，壮气剑飞舞。

纵有盖世雄，落落空千古。

【诗人简介】

徐逢春，字圣原，号巽岩。衢州西安人，嘉庆间诸生。弱冠游庠，工帖括兼嗜吟咏，缘意思恬淡，不汲汲于功名，而独于西

山庐舍，濡毫弄墨，以写性情，闲与同志唱和，致足尚矣。著
《巽岩诗草》。

【注释赏析】

开篇极言项山之高，遥想项王之雄，而千古沧桑，转头只剩
遗址残碑，以历史事件，浇自家块磊。后半沉郁顿挫，议论风
生，写得有英气。

游白鹤山

（清）徐逢春

攀萝浑上白云端，百尺飞泉壮大观。
今日胜游闲枕石，也应灵鹤下高寒。

【注释赏析】

寄情象外。前两句可媲美杜牧："远上寒山石径斜，白云生
处有人家。"其后笔法亦相同，道出诗人游憩状况，相传古有两
对白鹤盘桓此山，诗人也祈愿出现吉兆。

客居宝山登楼望眺

（清）徐逢春

佳气清如许，飘然独上楼。
峰峦环积翠，泉石向空流。
望远情何极，云迟意亦幽。
主人恩渥重，信宿去还留。

【注释赏析】

宝山，在杜泽镇境内，所产枇杷驰名周边。

管家村

（清）陈圣泽

物外村居好，林边石路斜。
翠屏当户户，流水自家家。
屋瓦唯宜竹，园蔬半是花。
怡然同妇子，黄发老烟霞。

【注释赏析】

管家村在杜泽镇境内极偏远处。山乡农家寻常景物，到了诗人笔下，全成了世外桃源的模样。

草鞋佛

（清）傅绍鳌

踏遍天涯路，草鞋何处归。

有人参五祖，携此悟禅机。

【诗人简介】

傅绍鳌，字惟谦。衢州西安县人。光绪庚寅（1890）岁贡生。奉事唯谨，一诺千金。

【注释赏析】

草鞋佛，杜泽镇有草鞋岭，草鞋佛应是附近寺僧。

咸通寺

（民国）徐映璞

长安仙释重宗风，年号都存二氏宫。

左右逢源双水合，东西环拱两山同。

桐溪不见铜刀涧，明果唯余化鹤松。

长庆开元都久寂，独留古刹纪咸通。

【注释赏析】

原注：寺在城北五十里下源口，桐山、双桥两源之水汇合于此。咸通寺，亦称咸通兴善寺。明弘治《衢州府志》"寺观"记载："咸通兴善寺，城北五十里，唐元和间建。"

题项王庙（四首）

（民国）徐映璞

项山千仞矗苍穹，百里烟岚此独崇。
垓下师徒非叛楚，江东父老尽怜公。
一军救赵骓尘远，三户亡秦剑气雄。
竟帝彭城谁借箸，金汤形胜失关中。

叱咤风云黯黯愁，论功更易旧王侯。
岂容亭长争蕉鹿，不许书生笑沐猴。
济上百城韩信血，咸阳三月子婴头。
英雄到底关儿女，独对虞兮性转柔。

丛祠庙貌已千秋，门外清溪水自流。
霸业何时传豹隐，中原空自划鸿沟。
亢龙气慑韩彭辈，功狗名成绛灌俦。
拔得一山终古在，汉家今日孰安刘。

分羹不忍外黄屠，学剑何须解学书。
策士六奇轻纪信，将军一战误龙且。

佳兵仅及刘邦足，恶食空疑亚父疽。

青史莫将成败论，会稽无复始皇车。

【注释赏析】

原注：山在衢北四十里极高峻，相传项羽乌江之败不死隐于此，土人立庙祀之后毁。今移建山麓，香火颇盛。

借箸：刘邦正在吃饭，张良就借了刘邦的筷子在饭桌上画了一番，具体分析了楚汉双方以后的形势和利害冲突，后来，人们用"借箸"来指为人谋划。

亭长：指刘邦，因曾任沛县泗水亭长。

蕉鹿：指梦幻。

沐猴：比喻虚有其表，形同傀儡。

子婴：即秦三世。

豹隐：比喻隐居伏处，爱惜其身。

此诗引经据典，借项山而说楚汉争霸。

游明果寺（二首）

（民国）徐映璞

曲径沿溪十八湾，巢居都在白云间。

老僧日课唯樵木，野客幽寻独往还。

箧有诗篇谁勒石，家无画本只看山。

一龛鸟语泉声里，静爇残香绕佛颜。

层岚蓊蔚百泉趋，涤尽尘氛作奥区。

千叶莲花无量佛，一行翠柏十三株。

诗人片石留高阁，学士孤坟访钵盂。

空记化身传法事，灞陵未必见遗躯。

【注释赏析】

原注：寺在衢北六十里山源，为唐大彻禅师道场，白居易为作传法堂记者也。自铜山口入源十八湾抵草鞋岭，寺前塔柏十三株，寺内上三十六级为观音阁，壁间有余思濂等诗碑。

六、莲花

避寇上唐台山

（唐）贯　休

苍黄缘鸟道，峰胁见楼台。

柽桂香皆滴，烟霞湿不开。

僧高眉半白，山老石多摧。

莫问尘中事，如今正可哀。

【诗人简介】

贯休（823~912），俗姓姜，字德隐，婺州兰溪人，唐末五代著名诗僧、画僧。7岁时投兰溪和安寺圆贞禅师出家为童侍。日诵《法华经》，过目不忘。雅好吟咏，常与僧处默隔篱论诗，或吟寻偶对，或彼此唱和，见者无不惊异。受戒以后，诗名日隆，仍至于远近闻名。乾化二年（915）终于所居。诗入《全唐诗》。

【注释赏析】

唐台山，亦名塘山、大乘山，在峡川镇衢江区和龙游县交界处。山中建大乘寺，故名。时当黄巢起事，衢州沦为战场，无故百姓尸横遍野，诗人唯有喟叹。

题唐台山

（宋）赵 抃

唐台压郡东北陲，势旋力转奔而驰。

伟哉造物谁其尸，一山中起高崴巍。

群峰环辅拱以立，背面肘腋相倚毗。

怪石差差少媚色，长松落落无邪姿。

岩隈有路数百仞，直登不悔形神疲。

中间轩豁浮图舍，栋宇采错金璧辉。

寒泉一亩清可鉴，优游鳣鲔扬鳞鬐。

猿闲鸟暇两呼笑，老僧矍铄趋且嬉。

天风烈烈骨毛竦，更云六月无炎曦。

攀缘绝顶下四顾，溪山百里如掌窥。

我思宜有隐君子，放心不与时安危。

巢由之行已高世，白云卧此逃尧妫。

【注释赏析】

尸：主持。古人祭祀用人充当神，称尸。谁其尸？谁作主持？《诗经·采苹》："谁其尸之？有齐季女。"

鳣鲔：都是古代的鱼名。

巢由：巢父和许由的并称，相传皆为尧时隐士，尧让位于二
人，皆不——因用以指隐居不仕者。

尧妫：即尧舜，舜居妫汭，因以为氏。

己未岁十月七日登唐台山偶成

（宋）赵抃

直到巢峰最上头，旋磨崖石看诗留。

重来转觉寒松老，三十六年前旧游。

【注释赏析】

己未岁：北宋元丰二年（1079）。赵抃时年八十，犹能攀高
登顶，可见矍铄康强，所以有"重来转觉寒松老"之说。

题唐台山

（宋）王　介

天地凿开混沌国，鬼神剟镂骊龙窟。

不知发秘是何年，欲扣山灵无处得。

我来一见快平生，不觉清风生两腋。

乘鸾归去梦魂清，白云依旧埋苍石。

【诗人简介】

王介（1157～1213），字符石，一作元石，金华人。南宋光宗绍熙元年（1190）庚戌科余复榜进士第三人。官至集英殿修撰、知襄阳府、京西安抚使，徙知庆元府兼沿海制置使，谥忠简。

【注释赏析】

剟镂：挖削、镂刻的意思。

民国《龙游县志》所载诗题、诗句有异。

宿莲花寺，顷从清献公游今十年矣

（宋）毛 滂

一径通松竹，入门闻夜香。

青灯孤照佛，斜月静归廊。

未厌逢僧拙，终惭涉世忙。

十年犹仿佛，一梦自凄凉。

【诗人简介】

毛滂，生卒年不详。字泽民，衢州江山人。宋代著名词人，衢州"十大历史文化名人"之一。元祐间为杭州法曹，苏轼曾加荐举，晚年与蔡京亦有交往。官至祠部员外郎、知秀州，一生仕途失意。其词受苏轼、柳永影响，清圆明润，独树一格，无秾艳词语，自然深挚、秀雅飘逸。对陈与义、朱敦儒以及姜夔、张炎等人的创作都有影响。有《东堂集》《东堂词》传世。

【注释赏析】

莲花寺：因地有莲花溪而名世，为浙东佛教名刹，始建于宋代建隆年间（960~963）。

清献：赵抃谥号。

莲花寺旁有东山边村（今易名为清献村），此地有北宋参知政事、资政殿大学士、太子少保赵抃家族的风水墓地。毛滂展墓时夜宿莲花寺，10年前作为长孙女婿，曾从赵抃来此，转瞬10年，物是人非，不免感慨万端。

赵抃墓

（宋）刘克庄

南渡先贤迹已稀，萧然华表立山陂。

可曾长吏修祠宇，便恐樵人落树枝。

几度过坟偏下马，向来出蜀只携龟。

自怜日暮天寒客，不到林间读隧碑。

【诗人简介】

刘克庄（1187~1269），字潜夫，号后村，福建省莆田人。南宋豪放派诗人，作品数量丰富，内容开阔，多言谈时政，反映民生之作。

【注释赏析】

赵抃墓在今莲花镇境内，宋神宗题其碑为：爱直，苏轼撰神道碑。

陂：山坡。

从五六两句可学对仗写法，字面极工，而分说两人两事。

赵抃墓

（宋）佚 名

千夫荷担出山阿，膏血如何有许多？

不若扁舟径归去，休从清献墓前过。

【注释赏析】

清厉鹗《宋诗纪事》卷九六：赵清献公墓，在衢州城东北四十五里。景定间，林存为潭州帅罢归，道衢，调千夫荷担，经墓旁，疲甚，因相与语："赵清献公一琴一鹤，那有许耶？"或闻之，题诗驿舍云云。相传，此后再也没有贪官敢从赵抃墓前经过。

过赵清献墓居

（宋）陈文蔚

为读忠臣教子碑，欲行回首重依依。

纷纷车马门前过，知有几人琴鹤归。

【诗人简介】

陈文蔚（1154~1247），字才卿，号克斋，江西信州（今上饶）人。约宋宁宗嘉泰初前后在世。淳熙十一年（1184）师事朱熹，笃信谨守，传其师说。举进士不第。庆元三年（1197），应朱熹之邀讲学武夷精舍。所著《尚书类编》，诏补迪功郎。有《克斋集》。

【注释赏析】

略同上首诗，讽刺之作。

折桂令·莲华道中

（元）张可久

洗黄尘照眼沧浪。古道依依，暮色苍苍。远寺松篁。谁家桃李，旧日柴桑。

红袖倚低低院墙。白莲开小小林塘。过客徜徉。题罢新诗，立尽斜阳。

【诗人简介】

张可久（约 1270~1348 以后），字小山。庆元（治所在今浙江宁波鄞县）人，元朝散曲家、剧作家，与乔吉并称"双璧"，与张养浩合为"二张"。

【注释赏析】

莲华，即莲花，是衢州通往杭州官道上的大集镇，旧时市面颇盛。

此曲情长意深，韵味隽永。作者首先推出一幅略显朦胧的田园远景图，然后精心勾勒，渐次把色彩鲜明嫣丽的"红袖"、"白莲"推向近景。"低低"更显春色难掩，"小小"愈衬芳姿外盈。前人称赞张可久的小令"俪辞追乐府之工，散句撷唐宋之秀"，于此可见一斑。更精彩的是，曲家并不满足于静态的客观描摹，而是化静为动，摧美为媚，以那份欲留不得、欲去难舍的缠绵，于曲终奏雅，更使人觉得余音绕梁不绝。

莲花寺

（清）陈鹏年

萧寺临溪岸，莲花旧法堂。
林深鸦影乱，院静竹风凉。
厨饭分香积，龛灯借上方。
夜来春梦稳，清切奉空王。

【诗人简介】

陈鹏年（1663~1723），字北溟，又字沧州，湖南湘潭人，清代官吏、学者。康熙三十年（1691）进士。官浙江衢州府西安知县。在衢州任上，他修建文昌阁，治桥建闸，重视教育，放粜缓征，禁止停丧溺女，昭雪冤案，善政不可胜举，得到了地方百姓的大力支持和爱戴，在衢著有《浮石集》。后升任江宁知府、苏州知府、河道总督，卒于任。著有《道荣堂文集》《喝月词》《历仕政略》《河工条约》等。

【注释赏析】

萧寺：唐李肇《唐国史补》卷中："梁武帝造寺，令萧子云飞白大书'萧'字，至今一'萧'字存焉。"后因称佛寺为萧寺。

香积：香积厨的省称，僧家厨房。

龛灯：佛龛、神龛前的长明灯。

清切：形容声音清亮急切。宋代陈师道《晚泊》诗有："清切临风笛，深明隔水灯。"

空王：佛的别称。李煜《病中感怀》有："前缘竟何似，谁与问空王？"

此诗按部就班，由远眺而近观，吃饭睡觉，层层写来，有如日记。

莲花寺

（清）费士桂

云山缥缈野人家，中有香台集暮鸦。

衲子自持三藏偈，劳人独坐一池花。

阶前草长侵狮座，腋后风生试雀茶。

堪笑俗缘犹未断，鲸钟听罢又尘沙。

【诗人简介】

费士桂，字宫裁，号丹林。籍慈溪而居会城。康熙癸巳副榜，雍正壬子亚魁，乾隆丁巳进士。性恬淡，不耐簿书，改就三衢教授。爱姑蔑民风朴茂，遂家于衢。

【注释赏析】

雀茶：因形状小巧似雀舌而得名。

鲸钟：佛殿的大钟，钟纽为蒲牢状，钟杵为鲸鱼形而名。

谒赵清献公墓

（清）叶闻性

宗臣正气肃秋霜，千载高风俎豆香。

执法当年惟铁面，告天无日不封章。

何时驯鹤来华表，剩有残碑卧夕阳。

惆怅空山余马鬣，啼鹃凄绝晚苍苍。

【注释赏析】

俎豆：古代祭祀、宴飨时盛食物用的礼器，亦泛指各种礼器，后引申为祭祀和崇奉之意。夕阳卧碑，空山啼鹃，全诗肃穆苍凉。

赵庄拜清献公墓

（清）陈圣洛

琴鹤云礽事事荒，清风犹是逼人香。

一生直道余青史，千载空山剩白杨。

江畔高斋浮石古，亭前秋水濯缨长。

口碑自此苏王久，任尔龟趺卧夕阳。

【诗人简介】

陈圣洛，字二川，号且翁。衢州西安县人。邑庠生。人品高洁，与季弟圣泽、宗弟一夔同负诗名。居柯城菱湖草堂，与游皆当世名士。家藏图史甚富。终日坐拥百城，赋物怀人，不问窗外事。月白风清时，或抚焦桐以适志。手定诗文，率清丽芊绵，渊雅可诵。

【注释赏析】

赵庄：在今莲花镇。

云礽：比喻后继，清谭嗣同《仁学》三一："顾（炎武）出于程（程颢、程颐）、朱（熹），程朱则荀（荀卿）之云礽也。"

苏王：苏轼、王十朋，原注：墓前有眉山、梅溪二先生文，碣今倾覆难读矣。

同叶逢原、家赏侯、舍弟云崿莲溪泛月

（清）陈圣洛

清溪印月绿波平，夹岸垂杨一棹轻。

人在玉壶冰里坐，舟从银汉影中行。

怳如洛下仙宾主，却愧云间好弟兄。

良夜不须更秉烛，御杯遮莫到参横。

【注释赏析】

叶逢原：即叶闻性。

家赏侯：即陈一夔。

云崿：即陈圣泽。

洛下：洛阳。

云间：松江府的别称。

赵清献公墓

（清）陈一夔

铁面声名万古香，一抔寂寂掩斜阳。

回天有力排新法，展墓无人奈彼苍。

夜月不归辽海鹤，松筠犹琐旧时庄。

我来搔首春风里，扪得残碑字几行。

【诗人简介】

陈一夔，字赏侯，号二石。衢州西安人。乾隆间廪生。邑人郑烺说他"先生弱冠游庠，食饩。天姿豪迈，读书肆力于古。善骑射，工击剑。自谓纡青拖紫如拾芥耳。乃屡困场屋，于是徜徉山水，寄托琴樽，以其磊落抑塞之奇气、浩荡凌轹之奇才，发而为诗。"著《二石诗稿》。

【注释赏析】

可与叶逢性、陈圣洛诗对读。

辽海鹤：即辽东鹤。辽东丁令威学道成仙后，化作白鹤回到家乡去。后用来表示慨叹故乡依旧，而人世变迁很大。

游大乘山

（清）叶闻性

登临春已暮，十里杜鹃花。
蹬道盘云上，苍松倚石斜。
村畴浑似锦，山气半成霞。
独坐空亭里，翛然一望赊。

千盘来绝顶，象外有花宫。
地僻多栽竹，山高时吼风。
僧居元气表，田在白云中。
不觉尘心净，钟声彻远空。

【注释赏析】

　　虽是两首小诗，但场面阔大，以"十里杜鹃花"兴起，而以
"钟声彻远空"为结，既目不暇接，又余响不绝。而蹬道、苍松、
村畴、山气、空亭、绝顶、花宫、僧居、寺田，一一拈来，点化
有趣。山上有田有塘，可耕可灌，直似桃花源。

大乘寺观石岩鱼

（清）龚大锐

赵公曾上唐台眺，但羡猿啼鸟语真。

我欲从师参玉版，更将铁甲刺银鳞。

【诗人简介】

龚大锐，字君怀，号鹿苹。衢州西安县人。少擅才华，潇洒拔俗，乾隆间岁贡。官嘉兴训导。爱武林山水，日与名流衔杯赋诗。著《倚云楼稿》，采录《两浙輶轩续录补遗》。

【注释赏析】

大乘寺：据清·康熙《西安县志》载："五代·后汉乾祐二年（949）建，结构淳古。寺有池，深不可测，鱼绝大。池畔老桂一双，皆合抱，开时，香溢数里。"

同乾敏和尚游大乘寺

（清）徐士敷

近喜游踪健，随师过大乘。
鸟啼深坞寂，雨霁远峰澄。
泉活沿松枧，檐高引荔藤。
山寮谈兴剧，珍重有传灯。

【诗人简介】

徐士敷，字奏功，号息庐。衢州西安县人，居城北清源乡之西山下。雍正、乾隆间诸生。世业青箱，家资颇裕，遇寒窗灯火不给之士，辄慷慨助之。酷嗜吟咏，著《息庐诗草》。采录《两浙輶轩续录》。

【注释赏析】

乾敏和尚：清代僧人，余不详。

鸟啼：脱胎南北朝诗人王籍的《入若邪溪诗》："蝉噪林逾静，鸟鸣山更幽。"

枧：同笕，连接起来引水用的长竹管，此处特指挎松而作。

传灯：佛家指传法，佛法犹如明灯，能破除迷暗，故称。

大乘寺题壁

（清）王登履

峭壁嵝岈一寺悬，盘盘飞阁出层巅。

人经石炉题名姓，僧卧云窝阅岁年。

遇虎自知生有命，骖鸾应悔昔无缘。

纤林初月当衣落，双鬓飘萧几惘然。

【诗人简介】

王登履，字步青，号竹人。衢州西安县人。王荣绶子。四龄失怙，发愤读书。乾隆间附贡生。著有《竹人诗草》，采录《两浙輶轩续录》。

【注释赏析】

嵝岈：山石险峻的样子。

骖鸾：仙人驾驭鸾鸟云游。

游大乘山

（清）陈一夔

朝望大乘翠，倦拥双鬟初破睡。

暮望大乘霞，酒潮两颊红桃花。

山光顷刻即数变，朝朝暮暮看不厌。

胡家兄弟皆好奇，偕我往游慰我五载之相思。

长松万树夹磴起，疑似苍龙下饮涧中水。

我行手攀龙之髯，露湿忽惊龙垂涎。

群山碎小真可怪，却似春田犁下块。

长江蜿蜒走三吴，但见一片白模糊。

龙丘石室皆区区，况乃半亩之吾庐。

须臾渴日逐西走，仰见繁星大如斗。

姮娥冉冉驾冰轮，银河一带波如鳞。

点点杵声天际落，广寒宫里捣灵药。

我时倚醉直前赤手攫，姮娥见之亦大噱。

归来参斗已横天，我亦倦游倚枕眠。

山灵与我似有故，铁杖登登叩双户。

手持鲛绡来索句，一时愧乏黄绢词。

狂翻墨汁聊尔为，读之輠然似解颐。

风扫岩岩名前酒一卮，与君重订秋为期。

【注释赏析】

此诗汪洋恣肆，磊块不羁，可置酒一卮边读边饮。

大乘山

（清）陈圣泽

欲尽登临兴，还从绝顶游。

一杯凝碧海，九点识齐州。

不雨空濛集，无风浩荡秋。

白云生足下，吾欲返蓬邱。

【注释赏析】

蓬邱：指蓬莱仙境。

三四句出自唐代李贺《梦天》诗"遥望齐州九点烟，一泓海水杯中泻"，言山之高望之远。

大乘山

（清）余 华

人随鸟飞度层巅，翠滴松篁泠湿烟。
坐听鸣泉僧窗下，淙淙流溉寺门田。

【注释赏析】

大乘山极高处有水田，诗既写实也抒写了自足自在的心情。

三月既望，同叶大逢原、李二念冰、陈二二川、陈三云崿莲溪泛月

（清）陈一夔

莲溪之水清可掬，素蛾冉冉波心浴。
主人留客具扁舟，载得春醪一百斛。
扁舟一叶泛沧浪，风吹枳花满溪香。
长空云净碧如洗，琉璃万顷涵清光。

水晶宫里天初曙，冯夷击鼓瘦蛟舞。

骊龙鼾睡梦不成，三寸颔珠乍吞吐。

船头有客吹长笛，船尾美人坐鼓瑟。

群公潦倒玉山颓，我醉犹能尽一石。

举头玉兔已西倾，挥手喝之使倒行。

狂歌不尽樽前兴，玉壶重泻葡萄春。

人生良会能几度，世上浮名如朝露。

少年行乐须及时，青春肯为红颜驻？

【注释赏析】

叶大逢原，叶闻性。李二念冰，不详。

陈二二川，陈圣洛。陈三云嵝，陈圣泽。

冯夷：中国古代神话中的黄河水神，泛指水神。

玉山颓：出自南朝宋刘义庆《世说新语·容止》：山涛曰："嵇叔夜（嵇康字）之为人也，岩岩若孤松之独立；其醉也，傀俄若玉山之将崩。"形容酒醉。

陈一夔弱冠游庠食饩，天姿豪迈，读书肆力于古，善骑射，工击剑，自谓纡青拖紫如拾芥耳，乃屡困矮屋。天厚其才而薄其命。于是徜徉山水，寄托琴樽。其磊落抑塞之奇气，浩荡凌铄之奇才，发而为诗。

重访莲花寺

（清）费　辰

门前流水深，寺里树林密。

欲寻旧日缘，重憩安禅室。

白日澹清秋，闲阶鸣蟋蟀。

灯焰昼亦明，炉香冷犹出。

衲子四五人，与语皆真率。

能拈祖师意，或示维摩疾。

忆昔甲子秋，斯地勤赈恤。

凋瘵困我民，解免嗟无术。

何如今朝来，清净持僧律。

枯坐一池花，荷衣秋瑟瑟。

【诗人简介】

费辰，字斗占，号榆村，本籍钱塘，杭州府学生。主要活动于乾嘉时期。少随伯父费士桂游学三衢，寓居柯城。晚年举孝廉。清嘉庆十年（1805）会试，钦赐翰林院检讨。有《穀江游草》《榆村诗集》。

【注释赏析】

自注："余随家大人监赈到此，距今已九年矣。"

莲花寺

（清）范　珏

莲座何人照玉颜，至今寂寞锁禅关。

萧萧雨过常因竹，滚滚云来似有山。

一鉴虚涵禽影静，四栏寒簇藓花斑。

桥边已见游鱼乐，得近昙华性自闲。

【注释赏析】

昙华：昙花，佛教四大吉花之一，借指佛教。范珏少有文名，但淡于仕进，闲暇好吟诗，抒写性灵，风格近晚唐，此诗即本色。

莲花寺

（清）汪元望

访胜莲花港，寻僧日未曛。

溪幽宜漱玉，楼敞合栖云。

夜壑流清磬，经幡绣卍文。

小簃如许借，瓶拂悟声闻。

【诗人简介】

汪元望，字未辉，号古亭。钱塘（今杭州）人。乾隆四十年（1775）乙未科吴锡龄榜进士。嘉庆间，官衢州府学教授。与徐逢春唱和，徐有诗《壬戌夏汪古亭夫子过舍以诗见赠敬次原韵》。

【注释赏析】

卍：是佛祖的心印，是佛教相传的吉祥的标帜，来自梵文，意为吉祥万德之所集。唐代武则天为其定音为"万"。

簃：楼阁旁边的小屋，多用于书斋的名称。

雨宿莲花寺

（清）徐逢春

途穷日暮雨淋头，遥望招提急欲投。

差喜僧迎神自淡，还怜客至意偏稠。

漏残话久蛩吟切，云净风微暑气收。

好与安闲留半榻，数声惊醒晓钟幽。

【注释赏析】

此诗特点在避雨借宿，"雨淋头"直白若此。

过访莲花寺法昌师即席书赠（二首）

（清）徐逢春

其一

村旁野寺日初斜，磬响遥天逸兴赊。

绣佛堂前听说偈，清莲池畔数新花。

禅衣挂处云犹结，锡杖行空手自叉。

方外逍遥情栩栩，蔬羹才罢又烹茶。

其二

晚云深锁梵王家，行近空山日渐斜。

绣佛堂前听说偈，青莲池畔数开花。

版禅参彻心能解，铜钵催来手屡叉。

方外得闲消一局，何须烦恼种根芽。

【注释赏析】

此诗其一录自《巽岩诗草》；其二录自郑永禧《西安怀旧录》。

法昌师：生平不详。

版禅：即玉版禅，相传苏轼邀请好友刘安世一同去看望玉版禅师，到了廉泉寺，请刘吃笋。刘觉得笋味特别好，就问这笋叫什么名？苏轼说，这就是玉版禅师，会心处即禅，食笋亦然。

手屡叉：用温庭筠八叉事。温才思敏捷，每入试，叉手构思，凡八叉手而成八韵，时号"温八叉"，后因以形容文思敏捷。此诗另有一版，可对照而读。

野古萧寺，闻声彻悟。

赠莲花方丈松鹤图

（清）徐逢春

壁上安得虬龙蟠，古质矸朴白云端。

中有一鹤孑然立，能教老树标奇观。

由来画松称韦毕，纤末长风起绝笔。

薛公少保画鹤佳，神貌闲暇妙莫匹。

云林尺幅兼二长，指头胜笔屈铁强。

乃知禅师重高洁，始遇好手摹素苍。

叶底松子鹤前落，飞倦碧空归林壑。

珊珊毛骨白雪清，矫矫形姿淡墨著。

禅师对画谓予言，山水劳神花鸟繁。

惟此清幽松与鹤，千秋万古无尘喧。

【注释赏析】

韦毕：古代画松大师韦偃和毕宏，杜甫《戏为双松图歌》："天下几人画古松，毕宏已老韦偃少。"

薛公：初唐四大画家之一的薛稷，太子少保，精画鹤。

云林：倪瓒的号，大画家，与黄公望、王蒙、吴镇合称"元四家"。

古人评，命意不凡。

酬仁山寺永昭师

（清）徐逢春

五香焚已摄，八垢扫皆空。

结交二十载，莫逆道如中。

我有百虑侵，师无一丝挂。

随在普慈云，不忘我衰迈。

何以致绸缪，煮茗阐微幽。

何以慰所思，碧筒寄新诗。

读之沁心脾，缥缈尘凡外。

莲溪流水长，悠悠情未艾。

【注释赏析】

永昭师：诗人的方外之友，余不详。

此诗写与永昭的师友之情，"何以致绸缪"，"何以慰所思"？网上曾有帖："我有一壶酒，足以慰风尘"，引发一堆跟帖，这个也可上网征求续诗了。

古人评，结有余情。以江水喻绵绵之情，如"一江春水向东流"。

过访仁山寺永昭师兼呈胡朗川表弟

（清）徐逢春

缓步仁山幽复幽，先生兀坐一高楼。

却因客至抛书帙，只为谈深卷素帱。

玉版同参欣有约，纱笼堪笑羡无俦。

徘徊竟日忘归晚，月上林梢过渡头。

【注释赏析】

自注："时朗川寄读寺中。"

诗一气呵成，交待清楚，对仗工整，结句画面清美余韵不尽。

谒赵清献公墓

（清）徐逢春

青草凄凄长夜台，精诚却自贯三台。

当年铁面生常烈，终古冰心死不灰。

荒境碑残谜字迹，野狐日暮卧山隈。

几人凭吊悲前事，琴鹤风微冷翠苔。

【注释赏析】

通篇凄清，哀思绵绵不绝。古人评：真切。

赠仁山寺永昭师

（清）王世英

为听天亲偈，又逢无著师。

与谈迥出俗，解意无滞疑。

问师何所好，清景闲玩诗。

问师何所学，儒书通释辞。

莲池同参乘，僧独与静宜。

结庐仁山塔，白云一坞乘。

庭前看朝槿，松下折露葵。

余闻高僧言，豁然悟元机。

何以答高僧，泼墨写静思。

【诗人简介】

王世英，字颉云，号诚斋。衢州西安县人。道光己丑（1829）岁贡。淹贯群书，为文有大家风范。与徐逢春结交，以明经终老。

【注释赏析】

拟问通俗有趣，好读书写诗，亦夫子自道。

赠莲华寺僧永传师

（清）王世英

欲访高僧拟昔贤，忽逢野寺石桥边。

雨花旧满莲华界，迸水新添法乳泉。

观象神常游象外，见心佛即在心前。

东川月静鱼闻召，西苑云深鹿稳眠。

信是三摩曾入妙，因知十行已同圆。

津留宾筏渡迷客，室有明灯照定禅。

细草趺承身可现，长松梵响道初传。

不嫌多醉陶彭泽，聊赋诗章说大千。

【注释赏析】

永传师：生平不详。

迸水：从高处泻落的水。唐杜牧《华清宫三十韵》："迸水倾瑶砌，疏风罅玉房。"

法乳泉：原注：泉在后园。

三摩：三昧，金王良臣《牧牛图》诗："三摩不受一尘侵，本分功夫日念深。"

十行：即信、悲、慈、舍、不疲倦、知经书、知世智、惭愧、坚固力、供养诸佛如说修行。语出旧译《华严经》卷二十三（新译卷三十四）、《十地经论》卷三等。

莲华寺瑞真禅师开期

（清）程 鉴

羡君佛骨果悬殊，早已精明内典书。

萍叶逍遥根本脱，莲花清净藕心虚。

六尘不染情何淡，五蕴皆空意自舒。

鹤发庞眉欣得道，云坛高坐乐如如。

【诗人简介】

程鉴，字明心，号芝田，别号自镜山人，新安名医程正通之后。安徽歙县人。清嘉庆间诸生。博学能文，有声庠序。书法米南宫，又善指墨画，于医理尤精。道光初，悬壶于衢，着手奏效，雷少逸师从之。著《医法心传》《写忧诗草》。

【注释赏析】

瑞真禅师：清嘉庆间莲华寺禅师，后住持大乘寺。

五蕴：佛教认为五种和合而成世间一切之因。诗为瑞真禅师开期之颂，雍容得体。

莲花桥偶兴

（清）胡以诜

莲花桥上望，风细动春衣。

饮水一虹静，见人双鹭飞。

看云生石涧，访竹到僧扉。

昨夜潺湲雨，朝来没钓矶。

【诗人简介】

生平事略不详。

【注释赏析】

莲花桥：即万安桥，在莲花寺旁，建于清康熙八年（1669），高三丈，五虹，青石为栏，桥下建放生池。

饮水：古人认为彩虹会吸水。

五六句自然有趣。

游仁山寺

（清）郑光瑗

松杉入径僻，风露袭衣寒。

颇爱招提静，还邀戒律宽。

地炉煨紫芋，纤爪擘香栾。

蝙蝠黄昏喜，翩翩掠露坛。

【诗人简介】

郑光瑗，字蕙若，号磊岩。衢州西安县人。乾隆甲子（1774）副榜，掌教太平府丽江书院，粤西名士多从之游。郡守查树亭，尊礼之时，目为郭林宗。著《磊岩诗稿》，采入《两浙輶轩录》。

【注释赏析】

仁山院：在莲花寺后。乾隆十一年，莲花寺僧仁山爱其地幽静，构室参禅，后葬于旁，即颜其额曰仁山。后僧众广其室，遂成寺庙。

招提：民间私造的寺院，泛指寺庙。

香栾：柚子别称。

赠仁山僧

（清）徐 耀

仁山老衲子，随地悟真如。

怪石移新供，寒云隐旧居。

竹添留客笋，泉落灌花渠。

结习难消尽，禅床尚贮书。

【诗人简介】

徐耀，生平事略不详。

【注释赏析】

真如：佛教语，谓永恒存在的实体、实性，亦即宇宙万有的本体，与实相、法界等同义。

过耿山寺

（清）王荣绶

耿山亭畔净尘氛，到寺钟声午不闻。

小径花留经宿雨，闲门松带上方云。

香烹活水春前茗，鲜煮新苗涧底芹。

我欲从师分半榻，好将萝薜隔喧纷。

【诗人简介】

　　王荣绶，字紫卿，号若庵。乾隆戊午（1738）举人。幼颖异，博涉经史，下笔如泉注。著有《若庵诗文集》。

【注释赏析】

　　耿山寺，在城北三十五里莲花镇，前有耿山亭。耿山，或云因耿精忠营砦之所，但明代即有亭，恐不确。周召《双桥随笔》作梗山，郑永禧疑应作艮山，因山之镇北而言。

　　此诗法度自然，地点、时间、寺外、寺内以及心愿等等，循序而述，娓娓动人。

莲华寺

（民国）徐映璞

不念弥陀不问禅，不求真宰不求仙。

村翁引到莲花寺，方丈亲烹法乳泉。

乾敏碑文寻旧石，仁山遗事访当年。

莫嗤弘一偏留锡，开市声中世外天。

【注释赏析】

原注：寺在衢北四十里。法乳，寺圃泉名。乾敏、仁山皆古尊宿。民国高僧弘一亦驻锡于此。

游唐台山阻雨（二首）

（民国）徐映璞

偶出芝溪峡，呼朋作胜游。

山深晴亦雨，风紧夏如秋。

草色沿村绿，花光映水浮。

分明两樵子，同向画中留。

缓缓唐台路，东行第几峰。

危岚青嶂合，古寺白云封。

细柳风前草，疏林雨外钟。

化城今在望，何日见仙踪。

【注释赏析】

原注：山在衢、龙、寿三县界上，有舒久视、祝惟宽、赵清献、黄鲁直诸公遗迹。

甚爱"山深晴亦雨，风紧夏如秋"一联，深山气象跃然而出。

七、太真

和太真洞壁间石刻诗（四首）

（清）徐学圣

玉洞秋深逗乳泉，芙蓉森削半边泉。
谁知未袖玲珑物，幻作千重广厦旋。

精奇岂是五丁开，海外神山望欲回。
浩劫而今曾几变，尚留阆苑紫霞杯。

灵源有蒂许旁通，深壑深深去不穷。
五蕴人间多殢著，何如身在洞霄宫。

怒石如猊化海仙，蜃楼妙叠彩云边。
种芝劚杏浑尘事，羽客时耕太极田。

【诗人简介】

徐学圣，据晚清郑永禧著《西安怀旧录》卷二记载，"（徐）学圣，康熙时人。"生平事略不详。

【注释赏析】

五丁：神话传说中的五个力士。

紫霞杯：一味药物，传说能消百病，强健身体，返老还童。

太真洞

（清）陈圣洛

玉泉之乡有太真，潜闼仙灵古洞府。

神往多年未一探，而今乃得同游侣。

破云披莽登崇冈，嵚崎庨豁山中央。

悬厂轩敞锁烟雾，伊谁天半开虚堂。

循阶历级倒趋下，风景依然类田舍。

沟塍方罫纵横多，水满平畴无稂莠。

芝田走尽路已穷，穷崖坼炉才龟筒。

相传其内足佳景，仿佛壶公之壶中。

窦门腻滑若追琢，蛇行倒入先以足。

暗索巉岩略容趾，失脚沉潭无底渌。

幽黑鸿蒙未判初，炬烈松明恣遐瞩。

谁知早有栖幽者，累累倒挂白蝙蝠。

侧身历弯环，俯首避巉屼。

小语山辄答，巨响岩若坼。

宽足容万马，窄难横半竿。

一窟床几药炉随地涌，一窟缨缦华盖从天垂。

一窟沿阶蹲虎豹，一窟四壁蟠蛟螭。

变幻目眩眯，惊疑神正迷。

忽闻流水声漕淮，瞥见隔岸矗楼台。

邃径深从水底入，重关转向云端排。

银瓶瑶瓮错杂莫计数，得知几劫方一开。

噫吁乎！造物无尽藏，幽胜难穷讨。

仙人或出留，此生尚草草。

为语同人急返策，归家子孙应已老。

出门疑历几春秋，不谓仆夫犹候道。

【注释赏析】

龟笋：原注：俗语剑门。

古风体，以书为诗，以堆叠显学问，故多聱牙诘屈，以此多识冷僻字。

太真洞

（清）姚宝煃

闻道灵源雨泽长，太真古迹旧龙堂。

山中樵客窥钟乳，洞里仙人剩石床。

拾级寻幽忘白昼，悬灯觅路已斜阳。

应知世外多奇境，定有羊珠发夜光。

【诗人简介】

姚宝煃，汉军镶黄旗人。嘉庆十年（1805）进士。十二年（1807）官衢州府西安县知县。倡修县学，疏浚城河；聘请名流，纂修县志。

【注释赏析】

五六句写探洞实情。

羊珠：穴中龙珠。

太真洞祷雨

（清）颜世灿

赤云如火盖四野，百里旱苗枯欲赭。

老农嚎啕仰天哭，眼泪如雨腾空泻。

敝鼓鼛鼛到太真，六月遽闻赛春社。

生铁投之怒老龙，顿时飞瀑喷来者。

龙兮龙兮果有灵，肤寸云合何不舍？

与其甘老岩穴中，孰若为霖济天下！

【诗人简介】

颜世灿，衢州西安县人。三衢颜氏，为复圣后裔。宋时南渡，遂家于衢。嘉庆间副贡生，生平事略不详。

【注释赏析】

诗类"赤日炎炎似火烧，野田禾稻半枯焦。农夫心内如汤煮，公子王孙把扇摇。"前者嘲讽公子王孙，此篇责问老龙。

肤寸：古代长度单位。一指宽为寸，四指宽为肤，借指下雨前逐渐集合的云气。

由坞口入上下槽将至竖岭

（清）陈一夔

兹山何迤逦，道路阻且修。

峭壁数十曲，一曲一勾留。

划焉天地开，众水皆西流。

人家住山坳，桑柘垂阴幽。

野老倚仗立，见客如猱猴。

礼数既脱略，语言颇绸缪。

邀予坐松轩，缸面开新笋。

足力方告倦，因之且少休。

遥看竖岭翠，郁然天际浮。

【注释赏析】

坞口：今双桥乡坞口自然村。

上下槽：今太真乡上槽、下槽村。

竖岭：今七里乡治岭。

八、双桥

北山幽处

（清）周　召

流峙皆娱人，相惬在清赏。

尘襟意所驱，须不愧俯仰。

良辰慰前期，奇怀薄榛莽。

鸣禽送佳音，飞泉落幽响。

猿挂古藤梢，层岚迷北块。

深沉杳苍翠，林冥屡羁杖。

萧瑟情以离，兹乃气骀荡。

虑淡境始投，物至道所广。

把臂祈素心，同结此中想。

挥手谢群趋，但问展几两。

【诗人简介】

　　周召，字公右，号存我、拙庵。明末清初衢州西安县人。幼丧父，家赤贫，苦志力学。清顺治丁亥（1647）拔贡，官陕西凤县知县，仁明廉干，民至今德之。耿精忠乱衢，避居双桥。著《双桥随笔》，收入《四库全书》。另有《吴行日录》《凤州瘴语》

144

《余生草》《读史百咏》《于越吟》等。著《受书堂稿》，采入
《两浙輶轩续录》。

【注释赏析】

块：尘埃。

把臂：握持手臂，表示亲密。

屐几两：即"阮家屐"，《世说新语》中卷上《雅量》：晋阮
孚，性好屐，尝自蜡屐，并慨叹说："未知一生当著几两屐！"
后以"几两屐"泛指木屐。

此处诗人以阮孚自况，北山个中"幽处"非人人深得其趣的。

前坞晚霁

（清）周　雯

苍林带寒烟，初雨豁晴景。

鸟啼夕阳山，树浴澄潭影。

径滑步逾幽，泉鸣石更静。

清香落松枝，滴翠沾衣领。

村墟樵牧归，欲去心未忍。

悄立空濛中，明月上东岭。

【诗人简介】

周雯，字若霞，召孙、鸿子。雍正初年岁贡，官处州府学训导。

【注释赏析】

五六句学唐诗人王籍《入若耶溪》："蝉噪林逾静，鸟鸣山更幽。"前十句皆写所见，末了诗人登堂入室，从夕阳下山到明月出岭，突然使人想起清代黄景仁《癸巳除夕偶成》中的名句："悄立市桥人不识，一星如月看多时。"

黄蒙岭

（民国）徐映璞

黄蒙岭上九龙头，历尽崎岖未肯休。
绝巘遥通千尺瀑，孤峰远突一丸球。
坳浮竹浪随风卷，涧发蛟池破石流。
隐约梵宫高不极，更添云树几层楼。

【注释赏析】

黄蒙岭：双桥乡有黄蒙村。

此诗流畅，颔联气势磅礴，颈联由大而小由远而近，末联则能拓展遥望云际梵宫，必生向往。

九、周家

五指山

（清）胡　曾

巨斧何年劈，中穿忽蜿蜒。

凌空双叠磨，昂首一痕天。

铁巷摩肩后，云隈蹙履旋。

嗜奇不惜胆，缥缈陟层巅。

【诗人简介】

胡曾，字一鲁。衢州人。主要活动于顺康年间。工举子业，以拔贡官直隶（今河北省）盐山知县。欲以疏宕行其志，为人所中，投劾归，赍志而殁。

【注释赏析】

五指山，在今周家乡裴家村附近。其形如指，奇娇嵌空，山势奇峭。又石磨山，即五指之一，有清泉平地涌出，旧有涌泉寺。

双叠磨：五指中指顶有石如磨，名石磨山。

云隈：云雾遮掩的角落。

颔联精警，神态尽出。

涌泉寺

（清）周 召

层峦抱琳宫，四围翳丛麓。

萦纡竹径深，窈窕云窦曲。

林杪滴烟岚，檐隙跳飞瀑。

一泓喷寒泉，坌起地之腹。

中有暗浪喧，分湍沸鱼目。

炯然清味盈，冷翠湿衣襫。

丘壑凤所嗜，此堪涤埃俗。

羁身棘尘块，何时媚幽独。

长啸别松篁，苍茫犹可掬。

两腋带余凉，回眸妒群绿。

【注释赏析】

涌泉寺：旧志载，在城西北二十五里。石晋天福间建。毁于兵。洪武重建。清咸丰间，毁于兵燹。民国初，有僧四沛云游至此，募建数楹。寺有泉，于平地涌出，如趵突、虎跑状，冬夏不竭，溉田十余里。

十、云溪

过章戴二首

（宋）刘克庄

鲁叟新阡何处寻，桥边感旧独沉吟。
一生欲唾奸谀面，千古难磨道义心。
溪昔放鱼晴鳞鳞，门今罗爵冷涔涔。
发潜赖有西山笔，何日碑成勒碧岑。

曾向明时雪李邕，又闻名在聘贤中。
忆言鸥吻施茅屋，忍见龟趺立柏宫。
杯酒昔常陪贺老，只鸡终待哭乔公。
情知客泪先难制，邻笛那堪咽晚风。

【诗人简介】

刘克庄（1187~1269），初名灼，字潜夫，号后村居士，莆田
（今属福建）人。初为靖安主薄，后长期游幕于江、浙、闽、广
等地。淳祐六年（1246），赐同进士出身，官至龙图阁学士。诗
属豪放派，作品数量丰富，内容开阔，多言谈时政，反映民生之
作。词深受辛弃疾影响，多豪放之作，散文化、议论化倾向也较
突出。著有《后村长短句》。

【注释赏析】

章戴：在今云溪乡境内，以章、戴二氏始居，有街市而得名。

新阡：新筑的墓道。

鬣鬣：鱼摆尾跳动的样子。

罗爵：爵通雀。罗雀，形容清静。

发潜：阐发沉潜深奥的事义道理。

李邕：即李邕（678~747），今湖北武汉市人。唐朝大臣、书法家。

鸱吻：又名螭吻、鸱尾，中国古代神话传说中的神兽，古代建筑屋脊正脊两端的一种饰物，能避火灾。

龟趺：即赑屃，是中国古代神话中龙生九子之一，排行老大，貌似龟而好负重，多为石碑、石柱之底台及墙头装饰。

祝村道中

（清）陈鹏年

前村过雨后村晴，灌莽连阡半不耕。
十室零星烟欲暝，千盘荦确路难平。
鸠形怕听新丝泣，蜗舍还来老父迎。
圣世疮痍犹满目，素心吾已负澄清。

【注释赏析】

祝村：在今云溪乡。

灌莽：丛生的草木。

莘确：怪石嶙峋的样子。

鸠形：指枯樵瘦削的人。陈鹏年任西安知县时，适逢清初"三藩之乱"平定不久，处于人口锐减、田园荒芜、水利失修状态，虽经前几任知县极力处置，但元气仍未恢复。明末清初，西安县有人口约 15 万，经"三藩之乱"，只剩下 4 万多人。

此诗据实而写，并不避讳"圣世疮痍"。

云溪口占

（清）范崇模

赍酒孤村里，离情遣更难。

江云催暮雨，陇麦驻春寒。

殷殷新雷动，丁丁夜漏残。

一生常抱拙，心热剑徒看。

【诗人简介】

范崇模，字法周，号琢堂。范崇楷弟。儒雅孝友，以文史自娱。嘉庆间廪生。著《琢堂诗集》，采入《两浙輶轩续录》。

【注释赏析】

　　云溪：即今云溪乡云溪村。

　　贳酒：买酒。

　　抱拙：指老实本分不投机取巧。

云溪道中

（清）费　辰

水村山舍各相依，榆柳阴中白板扉。

少墢花盘看不尽，安榴红映野蔷薇。

水风习习净炎埃，一带平畴返照开。

杭稻尽翻红稞稏，牧童齐唱跨牛来。

野港平波处处通，蜻蛉闲趁藕丝风。

江村细雨人归晚，犬吠柴门老树中。

【注释赏析】

　　板扉：板门。

　　稞稏：稻子摇动的样子。

　　蜻蛉：俗称豆娘。

　　诗如话，亦如画。

出北郭至云溪途中即景

（清）朱 邕

篮舆入山去，人在绿中行。

野鸟自啼雨，溪花不待晴。

陂陀极遐览，霡霂沐幽情。

听取泉声壮，春房激水鸣。

【诗人简介】

朱邕，字锡芬。嘉兴人。举人。嘉庆八年（1803）任衢州西安县学教谕。勤于课士，富有诗才。著有《盈川小草》。

由云溪至篁步

（清）朱 邕

引我高情向夕阳，数峰对面郁青苍。

到来已辨烟岚色，忽阻清江水一方。

【注释赏析】

陂陀：倾斜不平的样子。

霡霂：小雨。

篁步：即今航埠，清代朱彝尊有《篁步桥》。

孟家汉白鹭

（清）叶闻性

漫嫌踪迹任浮萍，赢得丰标似鹤清。

寒渚避人和雪隐，芳洲翘足隔烟明。

孤因太洁难为侣，静若沉思懒作声。

振翮莫辞来野径，雨余春涨汉痕平。

【注释赏析】

孟家汉在今云溪乡境内，铜山源与衢江汇合处，多栖白鹭。

诗以白鹭自况，所谓拟人笔法。"孤因太洁难为侣，静若沉思懒作声"，其人平易淡泊而志高兴远，心物合一非凑泊强作之什。

妙山道中即事

（清）叶淑衍

荠麦青黄杏柳妍，行吟倦坐亦陶然。

相呼野鸟谈何事，自在长松不计年。

涨涧流花三月雨，夹岗蒸树两村烟。

桃源未必知仙诀，避得秦苛即是仙。

【诗人简介】

叶淑衍，字椒生，号茹庵。衢州西安县人，康熙癸卯（1663）举人，庚戌（1670）进士。官江西德兴知县，时值兵燹凋残，为民请命，书数十上，乃得蠲除新旧赋税，荒城雁户赖以更生。又招集流亡，收赎被掠子女，欢呼载道。迁湖广枝江知县。著《茹庵文集》《孩音诗集》，采入《两浙輶轩续录》。

【注释赏析】

妙山在今云溪乡境内，旧时山上有庙。

三四句有趣，颇见童心。明末李贽主张"童心"的文学观念，认为文学都必须真实坦率地表露作者内心的情感和人生的欲望，割断与道学的联系，不为经典所束缚。

"避得秦苛"不仅指苛捐杂税，也有思想的钳制吧。

泊黄甲山

（清）陈 本

水竹村边落夕晖，夜江小艇启窗扉。

松涛才歇溪声起，渔火添明月色微。

屈指程途心日迫，回头官舍梦应稀。

倦游浑似沾泥絮，好叩禅关学息机。

【诗人简介】

陈本，杭州仁和人。进士出身。乾隆十年（1745）出任衢州西安县学教谕。

【注释赏析】

黄甲山在今浮石街道境内，清封潭汇其下，孟姜塔耸其上，风光殊佳。

泥絮：指沾泥的柳絮，比喻沉寂之心。

松涛溪声、渔火月色本来不错，但宦途羁旅，诗人不免有倦游息机之想。

舟过黄甲山

（清）龚大钦

孟家塔下过余皇，黄甲山头挂夕阳。

波底明霞翻彩蝶，水仙齐著舞衣裳。

【诗人简介】

龚大钦，字惟昊，号诚斋。衢州西安县人。乾隆戊子（1768）副榜举人。胸罗积轴，兴酣落笔，光彩陆离。与兄龚大锐、弟龚大沁时有"三珠"之目。教育生徒，皆成令器。著有《诚斋诗集》。

【注释赏析】

孟家塔即今孟姜塔，又名黄甲山塔。建于明万历元年（1573），为楼阁式砖塔，平面呈六边形，共九层，高 41.9 米。基座须弥座式，底层西南面辟壸门，二层以上每层三面辟壸门，各层叠涩出檐，每面檐下有一斗三升仿木斗栱两攒。

余皇：春秋吴国船名，泛指舟船。

古城寺（二首）

（清）徐逢春

霜叶萧萧带雨残，秋虫切切逼人寒。
远村烟绕招提冷，一片雄心寄水湍。

古寺重游落日斜，园林芳草忆繁华。
僧房萧瑟空秋雨，客舍凋残集暮鸦。
佛案尘中留鼠迹，蒲团坐处茁芜芽。
回思三十年前事，物换星移暗自嗟。

【注释赏析】

古城寺：在城北二十里，隋大业元年（605）建。

春入棠陵坞

（民国）郑永禧

四面岚光淡亦宜，健游不觉路嵚崎。

空山布谷鸣春早，幽谷寒梅破腊迟。

细雨有丝梳嫩草，断云如衲挂交枝。

人家是处藏山曲，遥见邻烟起午炊。

【注释赏析】

棠陵坞，在今云溪乡境内。

西陇道中

（民国）郑永禧

数椽茅屋踞平冈，粉白泥黄两样墙。

山雨乍销无赖绿，野花颇有自然香。

帘间窥燕迎新妇，楅底分蜂立假王。

天气阴晴还不定，此时应得是农忙。

【注释赏析】

西陇：又作西垄，在今云溪乡境内，志载系西安、龙游两县交界，故名西龙，后讹作西垄；一说因在东垄、神仙垄西部而得名。

此诗别具慧心，很少有诗人会写农家墙壁"粉白泥黄"的。

第三句"无赖"两字，出徐凝《忆扬州》"天下三分明月夜，二分无赖是扬州"，极赞誉之词。

对燕与蜂的观察也极细致，假王：暂署的、非正式受命的王，此处指分巢另立蜂王。

与汪君子佩同赴祝村遇雨留宿

（民国）鲍式膚

杖履追随出北城，云溪桥上二人行。
文章自是推前辈，腰脚还惊胜后生。

下榻仙居听雨声，挑灯闲话到三更。
前朝旧事从头说，金榜当年第五名。

午门楼上景阳钟，屡向丹墀拜御容。
莫道功名轻易取，西安周甲独登龙。

留餐留宿感情真，前辈虚怀倍可亲。

愧我时艰无所赠，杏林分得一枝春。

【诗人简介】

鲍式膺，生卒年不详。安徽歙县人，寓居衢州。民国衢县简师文史教员，鹿鸣诗社社员。

【注释赏析】

汪子佩：即汪张黻（1873~1950），字龙章，号子佩。衢州柯城人。光绪丁酉科（1897）拔贡。官户部小京官、西安县教育会副会长、龙游县统捐局局长。晚年笃研佛学，与弘一法师有交谊。

末句出自陆凯《赠范晔诗》："江南无所有，聊赠一枝春。"

十二月十六日先室圆墓后三日，携儿女避难赴中淤

（民国）王一仁

乱离未暇替人怜，襁褓提携载一船。

与儿同沦无母国，抽刀难断有情天。

人间生死终疑问，世上风云岂了缘。

古往今来只如此，漫将哀泪洒岚烟。

【诗人简介】

王一仁（1897~1949），中医学家。原名晋第，号瘦钦。衢江区樟树潭人，祖籍安徽歙县。曾从丁甘仁学习中医，协助丁氏创办上海中医专科学校，后与秦伯未等创办中国医药学院，曾任上海中医学会秘书长，主编《上海中医杂志》。后行医衢、杭间。1932年，在杭州创办中国医药学社，创办《医药卫生月刊》，与同仁合辑《神农本草经》《中国医药问题》等中医读本8种，并著《三衢治验录》《仁盦吟草》等。

【注释赏析】

诗人自题：十二月十六日先室圆墓后三日，携儿女避难赴中淤。
中淤：云溪乡滨江村石下淤即中淤。

中 淤

（民国）王一仁

山深水浅说中淤，岩径犹留太始初。
牛碓几家旋日月，茅茨是处足畦蔬。
鹅鸣疑是云间雁，舟窄浑同陆上车。
尽有新安夸逶逸，故乡遥望独愁予。

【注释赏析】

浑同：等同的意思。

十一、樟潭

东碛滩

（宋）杨万里

江船初上滩，滩水正勃怒。

船工与水斗，水力拦船住。

琉璃忽破碎，冰雪并吞吐。

竟令水柔伏，低头船底去。

朝来发盈川，已过滩十许。

但闻浪喧阗，未睹水态度。

却缘看后船，偶尔见奇处。

从此到三衢，犹有滩四五。

【注释赏析】

东碛滩：在乌溪江和衢江交汇处附近，一作东迹。诗写逆水行舟，以破碎琉璃、吞吐冰雪形容水浪，现场拈来即成花絮。

喧阗：喧闹杂乱，如苏轼《谢赐燕并御书进》诗："归来车马已喧阗。"

态度：模样。如史弥宁《林园》诗："竹影因风多态度，梅花得月更精神。"

船过砚石步

（宋）杨万里

雨中初厌箬篷遮，撑起篷来景更佳。

岸上长松立如笔，波中寒影走成蛇。

忽看云外吐银镜，一点晨光射玉沙。

却出船头聊放目，远峰无数碧横斜。

秋江得雨茶鼎沸，怒点打蓬荷叶鸣。

远听滩喧心欲碎，近看浪战眼初明。

夜来暗长前村水，绝喜舟人好语声。

【注释赏析】

砚石步或即石船，在东迹堰潭下游。

杨万里后期写诗，尽去典故，直写所观。"箬篷"是细蒲席做的船篷，与常规箬篷就不同，诗人多写听雨诗，诚斋偏撑开船篷看个究竟。果然远山近水不同平时，如长松笔立，在波影中就成曲折，即便雨天，也是忽雨忽晴，时而江面如茶水鼎沸，篷响荷喧，忽而天光乍破，云外吐青。杨万里的诗虽多白描，但观察细腻，捕捉日常中的趣味，于讲究用典炼字的江西派之后，别开新面。

樟树行，用少陵古柏行韵

（清）龚鼎孳

古樟轮囷异枯柏，植根江岸兼水石。

风霜盘互不计年，枝干扶疏讵论尺。

望中转柁愁易过，道旁掉臂真可惜。

其下萧瑟枫林青，其侧参差茆店白。

十年跃马桑干东，双松诘曲慈仁宫。

紫鸧翔舞避偃蹇，龙蛇蜿蜒回虚空。

今来荒野忽有此，数亩阴雪争天风。

当时万幕驻金甲，大树飒沓开神功。

勿言将压烦榱栋，傲睨高原川谷重。

寒翠宁因晚岁凋，孤撑不畏狂澜送。

地近军城耀水犀，天开阿阁巢云凤。

自古全生贵不才，樟乎匠石忧终用。

【注释赏析】

轮囷：盘曲硕大的样子。

飒沓：纷繁盘旋的样子。

龚鼎孳洽闻博学，诗文并工，在文人中声望很高，时人把他与江南的钱谦益、吴伟业并称为"江左三大家"。此诗依杜甫《古柏行》韵，着意锻炼，苍郁沉厚。

古樟树

（清）徐之凯

一枝如玦圆如环，连肌合理寻无端。

下视忽惊龙尾落，卓然柱立颏苍颜。

有时吹风走万马，龙门碣石空中泻。

千林慑息拱威仪，碧波荡漾翻秋野。

【注释赏析】

玦：指环形有缺口的玉器，此处指树形。

诗写风起时，古樟枝叶翻飞的百姿千态。

樟树潭留宿

（清）李 鉴

老去幡然有远行，故人迢递未忘情。

残花出涧春风晚，暮艇浮村野水生。

燕别满斟千里酒，骊歌已隔一重城。

明朝回首沧江树，又是烟波第二程。

【注释赏析】

幡然：迅速而彻底，如幡然悔悟。

三四句道眼前景色，春风本好，却著一“晚”字，乃见残花出涧，野水乱流；又有一“生”字，当与“白云生处有人家”同义。

五六句倒述。骊歌，泛指有关离别的诗歌或歌曲，如李白《灞陵行送别》：“正当今夕断肠处，骊歌愁绝不忍听”。

末联悬想。杜甫的《秋兴》有“一卧沧江惊岁晚”，本来老卧沧江也可岁月静好，不料却行行复行行，还得继续出发，大有一种且行且回首的留恋。

167

夜宿樟树潭

（清）赵文楷

白板门前泊钓船，碧油滑笏著轻烟。
沙堤十里濛濛雨，恰似江南二月天。

夹岸梅花映水滨，白茫茫间碧粼粼。
分明一夜漫天雪，化作江南万树春。

【诗人简介】

赵文楷（1761~1808），安徽太湖人，字介山，号逸书。嘉庆元年（1796）状元。嘉庆帝御批称赞他"文楷佳名期雅正，为霖渴望副求贤"。后授翰林院修撰等职，嘉庆五年出使琉球，中山国王尚温率官员和百姓在那霸港迎接使团，并正式举行册封加冕大礼。赵文楷宣读嘉庆皇帝的册封诏书，并代表皇帝赐给中山国新国王王冠、锦袍、玉带。接着宣布对宰相及司法官员的任命，对诸王妃分别赐予各种精美礼品。大礼告成，琉球举国上下一片欢腾。嘉庆九年（1804），赵文楷出任山西雁平道，署山西按察使，后卒于任上。裔孙赵朴初。

【注释赏析】

樟树潭：以其旧有古樟数十株、江中有深潭故名樟树潭，简称樟潭，在今樟潭街道境内。

碧油：形容绿水。

滑笏：水波动荡不定貌。

鸡鸣渡放舟至樟树潭

（清）徐崇熙

已近飞霜月，偏为鼓枻游。

惊澜驱乱石，孤鸟截中流。

渡晚鸡声寂，潭空树影秋。

安居输野老，人息向林邱。

【诗人简介】

徐崇熙，字敬候。衢州西安县人。雍正己酉（1729）拔贡，乙卯（1735）顺天举人，乾隆丙辰（1736）进士。官直隶正定、丰润知县，有廉声。为古文、诗词，握管立就。著《琴余闲咏》，采入《两浙輶轩续录》。

【注释赏析】

鸡鸣渡在地黄滩东，鸡鸣山下。

樟树潭：在今樟潭街道。嘉庆《西安县志》："距县东十五里，其深不测。长可十里，有巨樟蔽地百余亩。"境内有金仙岩摩崖石刻、高塘村恐龙蛋化石出土。

徐崇熙诗学晚唐，功夫在中间两联，第三句可与苏轼《念奴娇·赤壁怀古》中"乱石穿空，惊涛拍岸，卷起千堆雪"对读。四句妙在一"截"字上，唐末幸夤逊《登戎州江楼闲望》："远岫似屏横碧落，断帆如叶截中流。"同样横绝中流，断帆如叶和孤鸟颉颃，正是摄影师抓拍之机，也是诗人点睛之处。

五六句晚寂空秋，萧瑟而有味，近于僧道偏枯之美。

过樟树潭

（清）胡 森

几千百年潭有氏，三十四步盘高村。

雷霆无声丑魅去，风雨不战狞龙奔。

城门一本作头卫，石桥五指其耳孙。

樟公若此人叫绝，豫章过客锼吟魂。

【诗人简介】

胡森，字香海，江西南城人，乾隆五十四年（1789）进士，曾官福建罗源县令升同知，乞休寓衢。嘉庆庚午（1810）预修西安县志，又尝掌教龙游岑峰书院。

【注释赏析】

　　中两联极言樟潭樟树苍森之相，城门的那棵只配给其当门卫，烂柯山著名的五指樟，只能算它的远孙。

　　末句因作者家乡叫豫章，而呼应所吟樟树。

泊樟树潭

（清）刘　侃

　　　　　樟树称偏镇，披沙系短戗。

　　　　　云归秋水白，霞落晚江红。

　　　　　薄酒来村店，轻衫怯野风。

　　　　　周家姑妹国，咫尺夕烟中。

【诗人简介】

　　刘侃（1772~1810），字式端，又字谏史，字香雪。江山县廪生。天性孝友，嗜古博学，棕核淹通，每一艺出，同辈诧为奇观，故膠庠中半出门下。与弟刘佳为晚清词学之翘楚。著《香雪诗存》6卷。

【注释赏析】

　　秋晚某日，诗人泊舟樟潭，身上穿得少，有点凉薄，就到村店沽酒暖身。

戗：木船上系缆绳的木桩。

此行顺流到龙游。

周家：指周代。

姑妹：即姑蔑、姑末的别译。

樟树将军庙

（清）刘　侃

头衔何代赐，濠楚忆真人。

汗马曾无绩，风雷若有神。

荫圆周一亩，干老阅千春。

笑彼钱家树，徒称衣锦臣。

【注释赏析】

将军庙：位于樟树潭，庙前有樟树浓阴蔽日。

濠楚：今长江中游一带。

过樟树潭至衢州风雨

（清）林寿图

篙工精爽紧，猛进向太末。

大树闯将军，险隘已争夺。

幕云忽倒垂，鞭石兢回挞。

如合群山围，不纵一帆阔。

落后骑土牛，亦免奔蹄脱。

逆途识顺处，晚到胜先达。

平明三尺涨，枯滩喷新沫。

始知风雨驰，以救鱼龙渴。

此州粳稻乡，夏插秋未活。

流莩春恐多，膏泽岁毋阙。

琐琐牵旅愁。於世比瓜葛。

米家父子墨，胡不早涂抹。

【诗人简介】

林寿图（1809~1885），原名英奇，字恭三，又字颖叔，晚号黄鹄山人、欧斋，福建闽县（今福州）人。道光二十五年（1845）进士，曾任顺天府尹、陕西布政使、山西布政使等职。

为官清廉公正，不畏强权，故廉名远播，雅负时望。历官40年，所至有声。器识宏深，德性纯正，能诗善书。"其诗工且多，一时魁人杰士无不怵服而钦佩之。"著有《桐花轩吟稿》。

【注释赏析】

篙工：掌篙的船工。晋左思《吴都赋》："篙工楫师选自闽禺。"

大树阃将军：典出《后汉书 冯异传》，冯异以镇定进取，屡立战功著称。却不屑争功，离诸将退处大树之下，而得名"大树将军"。此以冯异来比喻篙工。

鞭石：典出晋伏琛《三齐略记》，指做事得到神助。

骑土牛：形容因风雨、逆水而难以行进。

奔蹄脱：指因奔驰而倒下倾覆。

流莩：指流浪而饿死的人。

膏泽：指的是滋润土壤的雨水，比喻恩惠。

毋阏：不要阻挡、阻塞。

米家父子墨：米氏父子指我国宋代著名书画家米芾与其子米友仁，世称"二米"，或"大、小米"。诗中以"米家山"形容"乌云暴雨卷天地"之景。

胡不早涂抹：意思是为救灾而该更早来到。

仙 岩

（清）陈圣泽

醉把浮邱袖，乘风叩石关。
拂云空四壁，坐啸答千山。
碧藓层层合，丹房处处闲。
仙翁顾我笑，笑我滞人寰。

【注释赏析】

原题注：在县东二十里，中空，可坐数十人，上有一斗泉，四时不绝。

寿圣仙岩院在今樟潭街道，寺旁仙岩洞，又名金仙岩，坐北朝南，面积约 300 平方米。洞口悬崖上刻有"仙岩洞天"四字，相传为明太祖朱元璋所书。洞内石刻密集，不少是两宋时期的石刻题记，其中关于方腊起义的一块最为珍贵，仙岩洞摩崖题刻 1989 年被公布为浙江省重点文物保护单位。

开篇作者自比浮邱，相传为周灵王时人士，姓李，亦作浮丘，尝与太子王子晋吹笙，骑鹤游嵩山，修道山中。

三四句气场博大，来到山顶空旷处，但见云卷云舒，大有"俯视但一气，焉能辨皇州"的境界。长啸一声，千山回响。

末句自叹，空有出尘之想，却依然混迹人寰。是琼楼玉宇高处不胜寒，还是起舞弄清影，何似在人间？诗篇戛然而止，留人念想思考了。

寿圣仙岩院

（清）余本然

梵王宫殿倚崔嵬，积翠缤纷图画开。
啼鸟避人穿树去，老僧迎客下山来。
裁诗石径书青竹，散发云林卧绿苔。
自识个中幽兴熟，杖藜何惜重徘徊。

【诗人简介】

余本然，字维质，号古愚。衢州西安县人，乾嘉间诸生。早失怙恃，事诸兄唯谨，学问渊博，尤嗜古著诗赋，有齐梁风。著《古愚杂咏》，采入《两浙輶轩续录》。

【注释赏析】

梵王宫本指色界初禅天的大梵天王的宫殿，后泛指佛寺。开篇所述佛宇山景，可见"天下名山僧占多"。接下来写实况，啼鸟穿树避人，老僧下山迎客，纯粹白描而意味已足。然后裁诗书竹，散发卧苔，何等随兴自由，无拘无束。个中幽趣，识者自可流连陶醉。

石岩寺

（清）余 华

天造玲珑一亩宫，紫苔绘壁白云封。
总遭劫火能无恙，留在乾坤贮佛容。

游石岩寺题壁

（民国）喻砺吾

洞天石室霭层阴，洞外浮云自古今。
峭壁苍苍仙迹杳，危岩岌岌乱泉深。
松风萝月清禅性，暮鼓晨钟惊客心。
感慨诗人惟我最，桂花香里一登临。

【诗人简介】

喻砺吾，生平事略不详。

【注释赏析】

原题注：按岩距城二十余里，在樟潭之东南，志云仙岩，中空可坐数十人，一斗泉四时不绝。明太祖兵下江西凯旋过此，御书"仙岩洞天"四字勒于石，至今尚存。丁亥之秋偕幕中同事游览胜迹，题七律一章。

和喻砺吾游石岩寺

（民国）郑永禧

早秋天气半阴晴，山外斜阳淡欲沉。
四壁葱茏青嶂合，一庵盘薄白云深。
遥空鸟语宣僧呗，细溜泉声净客心。
忆得仙岩题御额，苔花剥蚀到而今。

【注释赏析】

盘薄：犹磅礴，广大的样子。

御额：相会朱元璋江西凯旋过此，御书"仙岩洞天"四字勒于石。

石岩寺观剧和罗蓬圃韵

（民国）郑永禧

滑滑苔濯细雨濛，绿荫曲磴夹西东。

乍闻仙乐飘云外，不道霓裳在月宫。

酒兴陡催诗兴发，虫声还带鸟声融。

回头归路新开霁，山角余霞一抹红。

【注释赏析】

罗蓬圃：原名罗道源，晚清福建提督、建宁总兵罗大春之子。

雨中观剧，曲终转晴。末句绮丽，可与宋代沈与求《石壁寺山房即事》诗媲美："画桥依约垂杨外，映带残霞一抹红。"

送客至樟树潭

（民国）郑永禧

一水纹如縠，孤帆客路寻。

塔尖截云表，树影入潭心。

鸟语春风早，渔歌夕照沉。

桃花新涨发，应感我情深。

【注释赏析】

从衢城送客至樟树潭，可谓依依不舍。

塔身树影、鸟语渔歌又勾勒了当时环境，暗喻春风有便何时再来，共赏夕阳流霞？

末句用李白"桃花潭水深千尺"，来表白对朋友的深情。

樟树潭舟中望雪

（民国）郑永禧

风卷雪花舞，青山影亦纤。

离奇争古树，飘泊打重帘。

只界一条线，忽圆双塔尖。

如何绿杨岸，篷背满堆盐。

【注释赏析】

　　《世说新语》："谢太傅寒雪日内集，与儿女讲论文义。俄而雪骤，公欣然曰：'白雪纷纷何所似？'兄子胡儿曰：'撒盐空中差可拟。'兄女曰：'未若柳絮因风起。'公大笑乐。"郑诗末句也以盐喻雪，比起柳絮来说，更质实贴切。

题仙岩洞天

（民国）徐映璞

洞天三进各三楹，仙释同龛百戏呈。

立马炭书明祖笔，摩崖朱拓宋题名。

穹庐覆顶如篷盖，滴水成渠澈底清。

刘阮偶来仍乍去，桃源鸡犬任纵横。

【注释赏析】

原注：岩在东乡二十五里，洞口"仙岩洞天"四大字相传为明太祖立马炭书，内多宋人题名石刻。

丁丑大雪节后三日，为先室锦花营葬，与七弟济时携儿女侄辈游宿石岩寺

（民国）王一仁

中年哀乐感逡巡，况复丛忧积恨身。

久习无生犹有泪，敢因避地竟忘亲。

坟茔相望嗟三世，佛刹原知共一轮。

家国艰危天道在，且将活计托微尘。

【注释赏析】

丁丑：1937 年。

逡巡：因有所顾虑而徘徊不前。

樟潭晚景

（民国）王一仁

烽烟澒洞此踟蹰，浅岸登潭亦丽都。

一片水波红潋滟，夕阳双塔半西湖。

【注释赏析】

踟蹰：徘徊的意思。

潋滟：指水波光耀。

双塔：指樟潭对岸的鸡鸣塔、孟家塔。

十二、东港

中秋定阳溪放舟作

（清）陈鹏年

夜露即白团炯村，圆月激射浮水门。

此时扁舟正东去，双桨直破金波痕。

素光在水尊在手，空明灏气相交浑。

忆昨琐闱困环堵，玉虚隔绝如九阍。

今夕何夕秋江溃，布衣鸥没苍炯根。

渔父杂沓老瓦盆，有酒不醉参旗奔。

皎皎霜雪洗胸臆，皓皓水玉互吐吞。

知我者谁素娥耳，蛤蟆药兔何足论。

【注释赏析】

定阳溪即乌溪江，北魏郦道元《水经注》："榖水又东，定阳溪水注之，水上承信安县之苏姥布"，又称东溪、东港、东迹溪。

灏气：弥漫在天地间之气。

琐闱：镌刻连琐图案的宫中旁门，常指代宫廷。

九阍：九天之门，亦指九天。

参旗：星名，属毕宿，共九星，在参星西。

184

末联中的"素娥"即嫦娥，是中国上古神话中的仙女。民间有"嫦娥奔月"神话，是说她偷吃了丈夫羿从西王母那里要来的不死药，就飞进月宫。虾蟆、药兔也是传说中月亮中的生物，也有说是嫦娥所化。

晚过定阳溪

（清）郑光璐

断云片片逐归鸿，独立船头酒正中。
柔橹一声新月上，秋江无数蓼花红。

【诗人简介】

郑光璐，字绅玉，号兰坡。乾隆庚辰（1760）岁贡，候选训导。敦厚严正，以道自重，而尤笃于伦理。嗜古学，穷渺讨幽，时出奇见。晚宗汉儒，尝辑《五经逸注》10余卷，未脱稿而卒。有《慎修堂稿》，采入《两浙輶轩续录》。

【注释赏析】

此诗句句写景。"柔橹一声"打破静物写生，似有配乐伴奏，悠悠扬扬。笔法源出柳宗元"欸乃一声山水绿"，后人如"裂帛一声江月白，碧云飞起四山秋"等都能像德国古典美学家莱辛说的那样，以动制静，化美为媚。响声之后，往往以色彩收束，有余音袅娜不绝的效果。

定阳返棹

（清）汪致高

半肩行李懒囊书，小醉篷窗午睡余。
何事一声惊梦觉，钓船呼客买鲈鱼。

三五茅檐也是村，夕阳鸡犬隐篱根。
白沙渡口青青竹，林外人归半掩门。

远树微茫接暮烟，依稀渔火映江天。
谁家一笛梅花曲，风满清江月满船。

【注释赏析】

汪致高这首诗也用棹歌渔歌体，洒脱富有生活情趣。无事梦醒，以赵孟頫《徐敏父龙虎山仙岩闻鸡鸣寄玄卿》诗为好："尘土恍然惊梦觉，碧桃花落自春风。"汪诗以钓船呼客为别，也舒徐贴切。

第二首白沙渡口，在今乌溪江下游白沙村边，化用姚汝循《晚归田庐》诗："犬吠初生月，人归半掩门。"

第三首末句套用宋释元聪《颂古》诗："风满长空月满船。"作者沉潜古籍，随手拈来，了无斧凿痕迹，如同己出。

十三、浮石

浮石亭

（唐）孟 郊

曾是风雨力，崔巍漂来时。

落星夜皎洁，近榜朝逶迤。

翠溦递明灭，清溁泻敧危。

况逢蓬岛仙，会合良在兹。

【诗人简介】

孟郊（751～814），字东野。湖州武康（今浙江德清）人，先世居洛阳（今属河南），唐代著名诗人。孟郊一生困顿，性情耿介，诗多描写民间疾苦和世态炎凉。语言力戒平庸，追求瘦硬奇僻的风格，与贾岛齐名，人称"郊寒岛瘦"。现存诗歌500多首，以短篇的五言古诗最多，代表作有《游子吟》，今传《孟东野诗集》10卷。元和九年，孟郊在阌乡（今河南灵宝）因病去世，张籍私谥为贞曜先生。

【注释赏析】

浮石亭：在衢州城北，衢江在此形成弧形弯道，江阔水深，有两块奇石，突兀水面，如两座浮在水面的航标，把湍急的江流一分为三。这两块露出水面的石头，就是人们所说的浮石。浮石旁的深潭，则叫做浮石潭。旧时浮石潭边建有浮石亭或观澜亭，早圮。建塔底水库后，浮石也淹没于水下了。

崔巍：形容山势高险。

榜：划船工具，亦代指船。

逶迤：指河流弯曲。

漪：水波纹。

递：顺着次序。

溌：急流。

攲危：倾斜欲坠的样子。

蓬岛：传说中的蓬莱仙境。蓬岛仙不知指代何人。

孟郊衢州之行还作有《姑蔑行》《峥嵘岭》《烂柯石》等诗。他或长于白描，不用词藻典故，语言明白淡素而又力避平庸浅易；或精思苦炼，雕刻奇险。这两种风格的诗，都有许多思深意远、造语新奇的佳构。

岁暮枉衢州张使君书并诗，因以长句报之

（唐）白居易

西州彼此意何如，官职蹉跎岁欲除。

浮石潭边停五马，望涛楼上得双鱼。

万言旧手才难敌，五字新题思有余。

贫薄诗家无好物，反投桃李报琼琚。

【诗人简介】

白居易（772~846），字乐天，号香山居士，又号醉吟先生。祖籍太原，到其曾祖父时迁居下邽，生于河南新郑。官至翰林学士、左赞善大夫。是唐代伟大的现实主义诗人，唐代三大诗人之一。白居易与元稹共同倡导新乐府运动，世称"元白"，与刘禹锡并称"刘白"。其诗歌题材广泛，形式多样，语言平易通俗，有"诗魔"和"诗王"之称。有《白氏长庆集》传世。

【注释赏析】

张使君：当为唐长庆四年（824）的衢州刺史张聿。

西州：有学人认为系"两州"之误。当时白居易正在杭州当刺史，君在钱江头，我在钱江尾，他们关系密切，交往亦很频繁。

189

五马：代称太守。古代一乘四马，按《汉官仪》，太守出行增加一马，故为五马。

双鱼：代称书信。唐代曾将书信折双鲤状，此句交代说收到张聿的书和诗了。

望涛楼：应在杭州，作者又有《寄题余杭郡楼兼呈裴使君》，诗中就有"凭君吟此句，题向望涛楼"。

五六句称赞张聿做文俊爽洋洋洒洒，又别具一格余音隽永。

旧手：即老手之意，《南史·萧子显传》："简文与湘东王令曰：'王筠本自旧手，后进有萧恺可称，信为才子。'"

最后用《诗经·国风·卫风·木瓜》意，比喻相互赠答，礼尚往来，而白居易自谦秀才人情，所作也不及张聿。

苏木滩

（宋）杨万里

滩雪清溅眸，滩雷怒醒耳。

落洪翠壁立，跳波碧山起。

船进若战胜，船退亦游戏。

若非篙师苦，进退皆可喜。

忽逢下滩舟，掀舞快云驶。

何曾费一棹，才瞬已数里。

会有上滩时，得意君勿恃。

【注释赏析】

苏木滩在浮石附近，据说与苏姥布相关。

诗细腻描写了上滩之难和下滩之易，以及乘客的不同感受，并劝诫处顺勿骄，也即逆境不馁。

诗入选《宋诗别裁集》。古人推崇此诗，看来主要是与现代人体验上的差别。古代交通多赖舟楫之利，衢江一段尚属山溪性质，落差大，季节变化也大。枯水季节，岔多滩广，溯水行舟，备尝艰辛。现代由于交通发达，改悠悠水路为陆路，风驰电掣的汽车、火车，乃至凌空冲霄的喷气机，往往一日千里，转瞬东西。如此，观察之细、体验之深就大不如古人了。

浮石清晓放船遇雨

（宋）杨万里

破晓开船船正行，忽然头上片云生。

秋江得雨茶鼎沸，怒点打蓬荷叶鸣。

远听滩喧心欲碎，近看浪战眼初明。

夜来暗长前村水，绝喜舟人好语声。

【注释赏析】

杨万里十分注意学习民歌的优点，大量吸取生动清新的口语谣谚入诗，因此，他的作品往往"俚辞谚语，冲口而来"（蒋鸿翮《寒塘诗话》）。状物写景，随手拈来，都能构思新巧，曲尽其妙；都是眼前风光，写来不掉书袋，给人纯朴自然的感受。

"秋江得雨茶鼎沸，怒点打蓬荷叶鸣。"两句为其得意之作，在《船过砚石步》一诗中又原封不动逐用。

将至地黄滩

（宋）杨万里

未到地黄滩，十里先闻声。

樯竿已震掉，未敢与渠争。

舟人各整篙，有如大敌临。

搴篷试一望，溅雪纷淙琤。

乃是水碓港，为滩作先鸣。

真滩定若何，老夫虚作惊。

【注释赏析】

地黄滩，又名帝王滩。在浮石潭下游，旧志谓因浮石乡有地黄塘而命名。后人讹成帝王滩，传说因朱元璋自江西凯旋驻此。

历代来往地黄滩的诗人不计其数，而留下作品的凤毛麟角，大诗人而肯为小地方做诗的，仅见杨万里一人而已。

水碓：水磨。

下鸡鸣山诸滩，望柯山不见

（宋）杨万里

地近莲花江渐深，一滩一过快人心。
贪看下水船如箭，失却柯山无处寻。

莫怪诸滩水怒号，下滩不似上滩劳。
长年三老无多巧，稳送惊湍只一篙。

却忆归舟是去年，上滩浑似上青天。
诸滩知我怀余怨，急送秋风下水船。

【注释赏析】

鸡鸣山：嘉庆《西安县志》载："在县东十五里，定阳溪流其下，一名东溪……山皆赤色，四面陡削，水势触击，川途颇险。上有塔，名'鸡鸣塔'。"

柯山：即烂柯山，道书为七十二福地之一，晋樵者王质伐木遇二童对弈处。山若石室，空洞弘敞，高广各二十丈许，偃若虹桥。

莲花：衢州北乡大镇，有芝溪流经汇入衢江。

长年三老：古时指船工。杜甫《拨闷》诗："长年三老遥怜汝，捩舵开头捷有神。"

过浮石

（明）李有朋

片石无根蒂，波间泛不休。
带云归别浦，和月载轻鸥。
莫讶中流屹，应知大块浮。
携壶三饮满，我正驾虚舟。

【诗人简介】

李有朋，字彦孚，号乐吾。嘉靖二十五年（1546）乡荐，会试乙榜，授福安县令，母忧归。隆庆四年（1570）补缺武昌县令，改岳州通判，迁鲁府长史。以清节著闻，不畏权贵。《湖广通志》名宦传入传。有《清思集》《定溪诗集》《舆中集》《怀沙集》《解武录》《清思漫纪》《讽规琐谈》。

【注释赏析】

大块：意思是大自然、世界，这个世界无论是精彩还是无奈，许多是个人不能把控的，还是抓住眼前的小确幸，饮酒赋诗，寄情云月。

此诗写于诗人补缺武昌县令泛舟衢江时，看到江中浮石，不免由物及己，自己正像没有根蒂的片石，在宦海中飘浮。

春日游浮石潭分韵

（明）叶南生

缓步迟纤草，招寻好放舟。

花因飞渡冷，水并去帆流。

顾影疑无地，安澜尚有邱。

拍杯愁日暮，感慨任沉浮。

【诗人简介】

叶南生，字柯玉，号苍眉。衢州西安县人。明崇祯己卯
（1639）举人，官湖南高州推官，革陋规，殄巨滑，充乡试同考
官。入清归隐不仕，殁于康熙中。著《种兰斋集》《来爽集》
《春江集》。

【注释赏析】

分韵：旧时作诗方式之一。作诗时先规定若干字为韵，各人
分拈韵字，依韵作诗。

五六句转折，如唐代许棠《过洞庭湖》："四顾疑无地，中流
忽有山。"如宋代释圆悟《山中夜归》："树密疑无路，月明犹在
山。"都是同一种笔法。

浮石渡

（清）张　濬

青山何乐我何忧，流水高山志未酬。

岁暮春还梅待放，凭窗唯见戏闲鸥。

【诗人简介】

张濬，直隶沧州人。康熙岁贡。康熙三十五年（1696）官衢州知府。更新府学，建文昌阁。有《三衢稿》传世。

【注释赏析】

开篇自问自答，梅花未开只有闲鸥，寓退隐闲散意，呼应开篇。

浮石即事

（清）陈鹏年

江郭春残雨乍晴，恰乘微雨看春耕。

孤村响送樵风暖，十里青浓麦浪平。

到处穷檐闻疾苦，隔年傲吏减逢迎。

香山遗迹停轩处，揽辔真惭瀫水清。

【注释赏析】

香山遗迹：或因白居易《报张使君》诗："浮石潭边停五马"。

陈鹏年任西安县令时焚香告天说："自今伊始，鹏年服官行政有不若于天理，不即于人心者，明神殛之。"又写"清慎勤"三字，悬榜于室，以为警策。他常常出城探视，此诗记载陈鹏年关心农耕和民瘼，有先天下之忧而忧，后百姓之乐而乐之心迹。

浮石晚眺

（清）季 棐

碧波流漾洄，红树自低亚。

时见夕阳船，片片风帆下。

【诗人简介】

季棐，字成章。衢州西安县人。清顺治岁贡生。《衢谣小识》载其诗。

【注释赏析】

漾洄：水流回旋的样子。

低亚：低垂，宋代孙浩然《离亭燕》词："天际客帆高挂，烟外酒旗低亚。"

诗仅20字，碧波红树，夕阳西下，风帆来往，浮石附近的衢江晚景跃然纸上。

石鼓潭

（清）冯世科

潭石如星一一圆，寒光摇漾水中天。

火敦谁道河源远，到此乘槎已欲仙。

【注释赏析】

　　石鼓潭：在地黄滩下游，岸侧有巨石，高约三四尺，上下收束中鼓起，望之如鼓，因名。

　　火敦：在今青海省黄河上源，即星宿海，此处借指钱塘江上游。

过法华寺

（清）王登贤

孤寺知何许，清秋一过之。

西风吹酒面，落日撚吟髭。

山亦如人瘦，云真抱石痴。

流连无尽意，重与贯休期。

【注释赏析】

　　法华寺：在今浮石街道境内，唐开宝七年（974）建。

　　贯休：俗姓姜，字德隐，今浙江兰溪市人，唐末五代画僧、诗僧。

暇日携友游浮石潭用白香山韵

（清）郑万年

沙明草软水如如，也拟兰亭作祓除。

陶令尚夸樽有酒，冯谖何叹食无鱼。

拾残莼菜秋风里，流出桃花春雨余。

解组归来得潇洒，使君漫说佩双琚。

【诗人简介】

郑万年，字胜崋，号竹坪。衢州柯城人。清雍正壬子
（1732）举人，乾隆己未（1739）进士。官广西崇左州知州。著
《竹坪诗稿》，采入《两浙輶轩续录》。

【注释赏析】

白香山韵：白居易《岁暮枉衢州张使君书并诗，因以长句报
之》的用韵。

祓除：古时一种除灾求福的祭祀。

陶令：即陶潜，东晋末至南朝宋初期伟大的诗人，曾任彭泽
县令。

冯谖：战国时期齐国人，是薛国国君孟尝君门下的食客之一，曾弹铗而歌，抱怨食无鱼，出无车，无以为家。

解组：解下印绶，谓辞去官职。

琚：佩戴的玉。

樽有酒，食有鱼，全诗抒写辞官归乡的潇洒。

浮石歌

（清）陈圣泽

君不见衢州城北高斋前，江流浩渺吞百川。

百川泛滥鸿蒙先，颓波莫挽荡入埏。

地灵愁绝思斡旋，中流一柱撑重渊。

排浪出如擎老拳，凌波耸似横鸢肩。

阳侯僵走冯夷还，顿令汹涌之势成漪涟。

青铜皎洁云霞鲜，雾縠霏微荇藻延。

骊龙潜伏春酣眠，舟师容与欢扣舷。

荒诞旧闻老伧传，此石昔浮无拘牵。

水生水落恣回口，如马如象疑驱鞭。

渔妇震夙诞石边，红铅秒巇胶潺湲。

揭来不动三千年，姑妄听之一笑嫣。

舣舟我欲登其巅，西来骤涨如山巅。

孤根灭没狂澜?，仓皇四顾心茫然。

【注释赏析】

原注：城北五里许，深潭中有石兀立水面，春涨不汩，名曰浮石，高斋临其前。

鸢肩：谓两肩上耸，像鸥鸟栖止时的样子。

容与：安闲自得。

震夙：《诗·大雅·生民》："载震载夙，载生载育。"表示怀孕。

夜泊浮石潭

（清）钱维乔

向渚鸣钲歇，推篷发浩歌。

滩声流宿雾，樯影静秋河。

兴觉论诗健，怀因对月多。

去山亦吾愿，未厌晚经过。

【注释赏析】

三四句细腻，诗中有音乐，有图画，前者动，后者静，用于解说摄影作品极佳。

出衢州十里宿鸡鸣山下

（清）焦　循

鹿鸣石室望不远，纵横百船双塔西。
衢州十月似八月，蟋蟀夜鸣红树溪。

【诗人简介】

　　焦循（1763~1820），字理堂。江苏甘泉人，嘉庆举乡试，与阮元齐名。阮元督学山东、浙江，俱招往游。后应礼部试不第。一生致力于讲授著述。博闻强记，于经史、历算、声韵、训诂之学均有精深造诣。是清代扬州学派的代表人物之一，在清代学术史上占有重要地位。著书数百卷，皆精博，阮元谓之为"一代通儒"。

【注释赏析】

　　鹿鸣：指信安湖畔之鹿鸣山。嘉庆《西安县志》："鹿鸣山，山有项王庙。□□秀洁，修竹苍松，为郡人游宴之所。"

　　石室：指石室烂柯山。

　　双塔：指衢州东溪、西溪交汇处旧有鸡鸣、孟家二塔。

　　十月似八月：《诗经·豳风》："七月在野，八月在宇，九月在户，十月蟋蟀入我床下。"此指诗人感受到衢州十月的气候依然像八月的气候那么温暖。

鸡鸣山夜泊诗

（清）周孙著

数峰回抱水泠泠，暑气才消酒半醒。

几缕晚烟归浦树，一弯新月照江亭。

乡城病亦开篷望，村吠眠犹隔岸听。

夜向鸡鸣山下泊，荻花如雪满前汀。

【诗人简介】

周孙著，字日章，号蒙泉。康熙壬午（1702）举人，乙未（1715）进士。官河南新野知县、兰溪教谕，有德政。

【注释赏析】

夜来酒半醒未醒，新月凄清，隔岸犬吠，荻花如雪。与明代倪岳《闲中偶题芦雁》"雁飞初到楚江头，叫破衡阳一段秋。寂寞西风明月夜，芦花如雪点汀洲"，清末王易《云仙引·秋云》"汀洲荻花如雪，隔水相看分外明。独有愁人，虚窗深院，相对愁生"，同一情境。此诗通篇写愁，却不著一"愁"字，古人写诗曲折如此。

自盈川鼓棹至鸡鸣山，舍舟登舆，抵郭已暮

（清）吴云溪

最爱林间月，因而系短篷。
江沙新涨出，村路小桥通。
犬吠寒烟里，蛙喧细草中。
行行山郭暝，茆店一灯红。

【诗人简介】

吴云溪，亦称汪云溪，自号云溪女史。乾隆间衢州西安县太学生汪彭彬室。父德庵，归安人，进士出身，曾任河南县令，早卒。雍正间，随外祖许弘健司训柯城。喜读书，通文翰。著《宜兰诗草》。

【注释赏析】

此诗与"小溪泛尽却山行"异曲同工。作者系舟乘轿，得赏别样风景：林间明月冉冉升起，江边沙地因河水涨落变化，曲折的乡间小路得桥贯通，寒烟犬吠，细草蛙喧，都被一一记录在案。

末句以"一灯红"写暮色渐起，山郭萧疏，与沈德潜诗"寒雨萧萧夜打蓬，蓬窗相对一灯红"可相媲美。

207

将之信安夜泊浮石

（清）余庆璠

江声与山色，旅夜若为情。

已去还依恋，相知似送迎。

蟹镫风里暗，豕栅树边横。

不减故园乐，今宵共几程。

【诗人简介】

余庆璠，字霁岑。龙游人。清道光己酉（1849）拔贡，候选教谕。著《吟香阁》诗集。

【注释赏析】

蟹镫：指捕蟹时所用的灯火。

豕栅：指猪圈、猪栏。唐王驾《社日》："鹅湖山下稻粱肥，豕栅鸡栖对掩扉。桑柘影斜春社散，家家扶得醉人归"。

浮石濑

（民国）郑永禧

濑势奔腾白盈尺，浪花飞滚舞拳石。

仙人一去永无迹，败草枯杨赵公宅。

不见当年孟东野，壁诗剥蚀苔花碧。

黄昏断续柔橹鸣，飞霞落日向山夕。

五色炫耀相惊奇，鸥鸟不定投沙碛。

翠微碧潋自明灭，雪浪银涛撼开辟。

百丈绳丝莫可汲，大鱼出没无处获。

钓矶凸屼锁晚烟，沙石勃怒船唇拍。

野夫杂沓争渡头，渔歌唱动碧山陌。

浮云流水时相激，鹭鸶飞破江天白。

石屏剖腹泻银泉，天河倒影如飞帛。

帝王一去不南来，孤滩日夜鸣喷喷。

风雨河山经几秋，沙头掘得朱家戟。

【注释赏析】

赵公宅：赵抃住处。赵抃有咏浮石诗："浮石仙人迹尚存"，
"浮石仙今遗迹在"。

孟东野：即孟郊，有《浮石亭》诗。

朱家：指明代。浮石濑不远处有帝王滩，相传朱元璋曾到此，也即诗中叹息"帝王一去不南来"。

此诗颇老辣恣肆，开篇即好，如江水奔腾，动荡不居。此类诗多用入声韵，一气相注，直截贯底。

马鞍山远眺

（民国）徐映璞

烟霾消尽露初干，四野澄清蔚大观。
高塔恍从云外矗，远帆疑在画中看。
乳鸠啼彻江村晓，梁燕衔残古垒寒。
战后遗黎皆白发，登临犹复忆征鞍。

【注释赏析】

马鞍山在今浮石街道境内，以山形似马鞍得名。

此诗首联总写登山远眺，而后由远而近分写高山远帆，乳鸠梁燕。末句回应主题，喟叹世事多艰人生无常，由马鞍山联想到征鞍战事，一气呵成，令人感慨万端。

自炉峰望帝王滩

（民国）徐映璞

西有鹿鸣山，东有鸡鸣塔。

此下有蛙鸣，渔歌相赠答。

画意兼诗意，溪山笔底收。

碓荒云树外，帆划水中舟。

【注释赏析】

自注：峰下有虾蟇石。舟行至此，咸有戒心。鹿鸣山、鸡鸣塔东西相望，只隔六七里。

十四、高家

觉林寺

（宋）赵 抃

古寺无碑刻，僧云不记年。
自余安所问，唯是爱林泉。

【注释赏析】

觉林寺：在今高家镇境内，宋建隆元年（960）建，有迎晖阁。

自余：其余、此外。郦道元《水经注·阴沟水》："碑字所存惟此，自余殆不可寻。"

宿章戴

（宋）程　俱

百里半九十，暮程无尽时。

长途饱风日，颜鬓最应知。

【诗人简介】

程俱（1078~1144），北宋官员、诗人。字致道，号北山，衢州开化人。以外祖邓润甫恩荫入仕。宣和三年赐上舍出身。历官吴江主簿、太常少卿、秀州知府、中书舍人侍讲、提举江州太平观、徽猷阁待制。诗多五言古诗，风格清劲古淡，有《北山小集》。

【注释赏析】

衢江区境内有两章戴，一在云溪乡境内，一在高家镇境内铜山源与衢江汇合处东岸，又称章德埠头。

将至三衢杨村道中小饮

（宋）赵 鼎

衢江波上半帆风，散发篷窗笑傲中。

晚境但深耽酒癖，穷途犹愧作诗工。

天边垄坂三秦阻，海上山川百越通。

得尽馀龄安一饱，此身何敢较西东。

【注释赏析】

杨村在今高家镇境内。民国《衢县志》载：杨村滩东，自章戴渡南口东南流至此，七里。

《四库全书总目》说赵鼎"本不以词藻争短长，而出其绪余，无忝作者，盖有物之言有不待雕章绘句而工者"。

泊盈川步头舟中酌酒（五首）

（宋）赵　鼎

那知乱后年光促，但觉春来酒味长。
炯炯新蟾照人白，恨无双竹倩孙郎。

空笼影照琉璃滑，鸿洞声传钟鼓长。
便买扁舟作家宅，风流千载谢三郎。

飞扬跋扈今安取，放浪酣歌亦所长。
曾醉西湖春色否，传声江上问诸郎。

苍苍烟画千岩秀，泛泛花流一水长。
会向武陵寻避世，此身已是捕鱼郎。

收功不在干戈众，和议元非计策长。
闻道搜贤遍南国，要令四裔识周郎。

【注释赏析】

　　盈川：唐如意元年（692）析龙丘西置县，至元和七年（812）正月撤销，历时 120 年。

诗人被盈川千岩竞秀，烟笼月夜的景致所吸引。面对南渡后破碎的故国山河，诗人舟中邀月，对酒当歌，乃至生发出退隐遁世的感慨。

晨炊泊杨村

（宋）杨万里

沙步未多远，里名还异原。
对江穿野店，各路入深村。
秋水乘新汲，春芽煮不浑。
舟中争上岸，竹里有清樽。

【注释赏析】

此诗中泡茶称"煮"，原来是古代的一种饮茶法。大体说，首先要将饼茶研碎待用，然后开始煮水，但不能全沸，加入茶末，三沸而成。

九月一日夜宿盈川市

（宋）杨万里

下滩一日抵三程，到得盈川也发更。

两岸渔樵稍灯火，满江风露更波声。

病身只合山间老，半世长怀客里情。

西畔大星如玉李，伴人不睡向人明。

【注释赏析】

  民国《衢县志·食货》记载：盈川市"为北乡上方源纸货出埠装船之所。有纸行埠头，设堆厂三，存积纸货，以备风雨不时，免遭损坏。近地粮食亦多于此出口。禁运时，往往设稽查船于此。"

  杨诗多清新，此诗却类杜甫风格，字斟句酌，慷慨阔大。

过安仁市得风挂帆

（宋）杨万里

西望柯山正蔚蓝，衢州只在此山南。
却愁路尽风犹剩，回纳清风与破帆。

【注释赏析】

安仁古为衢州、龙游间官道上街市，有渡口，设驿，在今高家镇境内。

柯山：著名的烂柯山在衢州城南，此柯山泛指衢州北部山脉。

该诗入选《千首宋人绝句》，成为杨万里的代表作之一。

游衢州仙岩过安仁渡

（宋）杨万里

明发山溪一雨余，昨来暑气半分无。

何人道是三衢远，挂起东风十幅蒲。

【注释赏析】

蒲：草名，生池沼中，高近两米，叶长而尖，可制扇编席，此处借指帆。

过章戴岸（二首）

（宋）杨万里

山水教无暑，牛羊报有村。

近沙经雨净，远树入烟昏。

奔走何时了，升沉未要论。

江鸥大自在，雪影正孤翻。

港汊村村出，江流节节添。

可怜千嶂好，输与一峰尖。

过雨日初软，顺风波更恬。

旋褰篷作屋，更挂簟为帘。

【注释赏析】

"江鸥大自在，雪影正孤翻"句，正同唐代刘禹锡的《秋词》"晴空一鹤排云上，便引诗情到碧霄"，大逆转手法。

"可怜千嶂好，输与一峰尖。"构思新巧，亦颇有哲理。

上章戴滩

（宋）杨万里

脱巾枕手仰哦诗，醉上诸滩总不知。

回看他船上滩苦，方知他看我船时。

【注释赏析】

章戴滩，又称章戴港，在铜山源汇入衢江的东侧。

诗人喝得微醺，躺在船舱里一心吟诗，不闻外面的世界，也很惬意。

及至侧头看到别的船上滩慢行，想见那船上的人看自己这条船，可能也是同样的心情吧？唐代王建《行见月》"家人见月望我归，正是道上思家时"，就有悬想他人感受，侧面烘托的写法。

迎晖阁

（宋）舒清国

蔼蔼复依依，朝晖以夕晖。

岩花寒不落，檐鸟静忘飞。

僧自眠黄叶，人多梦翠微。

云边时见鹿，饮水近禅扉。

【诗人简介】

舒清国（？~1153），字伯原，衢州西安县人。徽宗政和八年（1118）进士，调秀州士曹参军，召为太学录。高宗绍兴二年（1132），除校书郎。四年，以起居郎兼权中书舍人罢，主管台州崇道观，起知道州。

【注释赏析】

迎晖阁在觉林寺，诗近晚唐风格，用力全在颔、颈两联，舒徐不迫，淡而有味。

盈川旧县

（明）陆 律

兹地舟行数，怀人思惘然。

盈川经此日，流水自唐年。

废邑丛春草，荒山入暮烟。

昔贤不可作，开笥读遗编。

【诗人简介】

陆律，字子和，兴化人。岁贡。嘉靖四十五年（1566）官龙游县训导，敷教有方，复通吏治。著有《从吾集》刻于邑，已佚。

盈川渡

（明）陆　律

青草湖头合，舟行向晚天。

疏灯孤枕宿，细雨片帆悬。

雁下平沙荻，猿啼独树烟。

风尘随去住，乡思倍凄然。

【注释赏析】

盈川古埠在清代原有"普济盈渡会"，粮约20两，历来分班
经理。民国时期，盈川增设义仓，将余款存放生息，并公举殷实
的粮户来保管，以维持与保障盈川古埠的运转。

夏日盈川怀古

（明）李应阳

五月盈川道，萧然水石幽。

掀篷纳风气，鼓棹浅滩流。

渚鸟闲于客，岩松淡似秋。

杨侯为宰日，秀句满沧洲。

【诗人简介】

李应阳，字希旦，明代福建侯官（今福州）人。嘉靖三十一年（1552）乡荐，授砀山县教谕，不久转曲阳县令。

【注释赏析】

"渚鸟闲于客，岩松淡似秋。"工整有趣。

杨侯：指杨炯。

盈川舟中逢徐邦中张维诚二文学

（明）童 佩

相逢犹是故山前，流水盈盈自一川。

何处关河生紫气，近人星斗落青天。

张衡辞赋当筵出，徐穉高名旧日传。

卢岳衡山如肯去，与君同借楚人船。

【诗人简介】

　　童佩（1524~1578），明藏书家。字子鸣，一字少瑜。龙游人。家世为书贾。幼年家贫不能入学，随父贩卖书籍于苏杭间。喜读书，手执一卷，坐船间，日夜攻读。遇珍善之本，则鼎力收藏，藏书2万余卷，颇多秘籍，皆自校勘。以诗文往来于士大夫间，诗格清越，清峻可诵。与王世贞、归有光、王穉登、胡应麟等皆有交谊。诗风格清越，不失古音。亦擅考证书画、金石彝器之类。著《童子鸣集》，辑有《杨盈川集》《徐侍郎集》，与邑人余湘合纂万历《龙游县志》。

【注释赏析】

　　徐邦中、张维诚，童佩同时代人，生平不详。

文学：教官。

张衡、徐稺：以两同姓名人赞徐邦中、张维诚才学。

卢岳：疑为庐山。

废 县

（明）屠 隆

县废居民散，庭空野草长。

霜钟鸣破寺，茅屋伴斜阳。

古道唯黄犊，酸风多白杨。

兴亡亦天道，把酒立苍茫。

【注释赏析】

由废县的荒败引发无限感慨，天道如此，唯有以酒浇愁。

偕徐幼舆盈川返棹

（清）周 召

烟树开苍茫，群峰见奔峭。

长空鸟自飞，澄潭鱼可钓。

【注释赏析】

徐幼舆，作者之友，余不详。

烟树群峰，鸢飞鱼跃，皆图画题材。

过安仁岸

（清）黄宗羲

野水上穿石，疏林不掩巢。

西蒲拳病叶，风筱秃危梢。

短胫知难续，长腰强自抄。

兹游良不恶，物色困诙嘲。

【诗人简介】

黄宗羲（1610~1695），明末清初思想家、史学家。浙江余姚人。字太冲，一字德冰，号南雷，别号梨洲老人，人称梨洲先生。"东林七君子"黄尊素长子。与顾炎武、王夫之并称"明末清初三大思想家"，有"中国思想启蒙之父"之誉。提出"天下为主，君为客"的民主思想，主张以"天下之法"取代皇帝的"一家之法"，从而限制君权。黄宗羲学问极博，思想深邃，著作宏富，一生著述50余种，300多卷。

【注释赏析】

三四句移情入物，怎一个凄凉萧瑟。

短胫：指野鸭。

长腰：粳稻的米。宋苏轼《别黄州》："长腰尚载撑肠米，阔领先裁盖瘿衣。"

晚过安仁渡

（清）徐之凯

暝入平沙鸦满林，悬崖鸣濑气萧森。

江宽易变风云色，夜冷常怀冰雪心。

旧历青山随眼识，渐来明月带愁深。

酒樽莫为更筹误，相伴渔舟有笛吟。

【诗人简介】

徐之凯，字子强，号若谷。衢州西安县人，顺治丁酉（1657）举人，戊戌（1658）进士，康熙己未（1679）举博学鸿词。官至桂阳知县、茂州知州。退居林下者 20 年，著《初学集》《汶山集》《流憩集》，采入《两浙輶轩录》。

【注释赏析】

颇喜"旧历青山随眼识，渐来明月带愁深。"近乡情怯，抒写游子归乡时的复杂心情。

更筹：指古时夜间报更用的记时竹签。

行香子·安仁道中

（清）郭 麐

滩缓波柔。云薄风收。小春天、客卸征裘。叩舷一曲，听我吴讴。正雁南飞，山北折，水西流。

白鹭汀洲。黄叶沙头。比江乡、一样清幽。他时归老，若此何求。只要山田，要水碓，要渔舟。

【诗人简介】

郭麐（1767~1831），字祥伯，号频伽，因右眉全白，亦号白眉生，江苏潍县人。少年时有神童之称。乾隆四十七年（1782）补诸生；六十年，参加科举考试不第，遂绝意仕途，专研文、书画。好饮酒，醉后画竹石是其一绝。喜交游，与袁枚最为知己。著作主要有《灵芬馆诗集》《金石例补》《诗画》《唐文粹补遗》等。

舟次盈川（二首）

（清）陈鹏年

新涨滩平好放舟，前汀拾级上高丘。

通渠自爱春多雨，劝稼惟祈岁有秋。

野市樵渔同出没，江村樱笋足绸缪。

楼船可似轻舠疾，容易开帆便转头。

天畔颓流泛束薪，荡胸才觉洗无尘。

盘涡攫食怜饥鸟，巨浪乘危哂贾人。

把钓不须浮海棹，看云无假买山缗。

牛羊村落斜阳里，几处苍烟锁翠筠。

【注释赏析】

哂：同笑。

缗：本义为穿铜钱用的绳子，代指钱。

末联用《诗经》："鸡栖于埘，日之夕矣，羊牛下来。"

通篇白描如画，清华秀瞻。

宿盈川潭

（清）朱 筠

秀绝东南碧一濆，荒祠何处梦唐文。

卢前王后名开代，浙水衢山县为君。

树不胜红悲陨箨，石犹似锦媚斜曛。

裴公皮相良卑论，异族均才只子云。

【诗人简介】

朱筠（1729~1781），字竹君，一字美叔，又号笥河，学者称笥河先生。其先家浙之萧山，曾祖必名始居京师，遂为顺天大兴（今北京市大兴）人。乾隆十九年（1754）进士，官翰林学士。乾隆三十七年（1772），他上表陈奏《购访遗书及校刻〈永乐大典〉意见折》，将著书总汇书名《四库全书》，编撰《四库全书》即由此开始。其文词简古，笔画苍劲，实足追踪古人。著《笥河集》。

【注释赏析】

盈川潭在盈川村南衢江中，丹崖碧水，号称小赤壁。

卢前王后：炯与王勃、卢照邻、骆宾王以文词齐名，海内称为王杨卢骆，亦号为"四杰"。炯闻之，谓人曰："吾愧在卢前，耻居王后。"当时议者，亦以为然。

裴公：裴行俭，曾说四杰："士之致远者，当先器识而后才艺。勃等虽有文华，而浮躁浅露，岂享爵禄之器邪！杨子稍沉静，应至令长，余得令终幸矣。"

子云：应指扬雄，西汉辞赋家。

舟上章戴港

（清）范崇治

已入盈川境，云归未得归。

舟迟滩陡转，风紧雨斜飞。

晚笛闻渔舍，青帘覆竹扉。

旧时垂钓处，犹记鳜鱼肥。

【诗人简介】

范崇治，字崧平，号敬斋。衢州西安县人。嘉庆间诸生。诗入《两浙輶轩续录》。

【注释赏析】

盈川：此处为旧时乡名。

开篇抒写近乡情迫之感，今我来思，舟迟滩陡，风紧雨斜。看见渔舍竹扉，更想倚门盼望的家人。

鳜鱼：与张翰思鲈鱼事同，借指思乡。

过太平寺

（清）郑万年

唐宋年间寺，今余两树花。

寻幽村路迥，小憩日车斜。

古瓦窜仓鼠，颓垣粘白蜗，

由旬知几劫，到此一咨嗟。

【注释赏析】

诗题一作《太平寺旧址》。寺原在高家镇凌村，后唐天成间建，宋淳熙杨适作记，故诗称"唐宋年间寺"。碑记久佚，寺也圮废。

由旬：古印度长度单位。一由旬相当于一只公牛走一天的距离。

历史如刹那烟花，故诗人咨嗟长叹。

篁墩晚归

（清）释问渠

万笏岚光净碧氛，松花如雨落纷纷。

芒鞋踏月归来晚，百八钟声云外闻。

【诗人简介】

释问渠，乾隆间，衢州西安县莲花篁墩古柏庵主持。与叶闻性家逼近，故唱和之作多。

【注释赏析】

篁墩，在今高家镇境内，村民先祖从歙县篁墩（今属安徽省黄山市屯溪区屯光镇）迁此，因仍旧名。

绝句前三句如画，而以不尽之声结束，最为美妙。柳宗元《渔翁》诗，于"欸乃一声山水绿"即可。如宋人白玉蟾："眼力招回西去山，风苹烟蓼白鸥闲。归舟满载斜阳返，欸乃一声空翠间。"此诗亦如此，尤显清妙高跱，超世绝俗。

篁墩田家纳凉

（清）陈圣泽

骄阳炙稻垄，嘉树荫柴扃。

雨足乡邻睦，粮输鸡犬宁。

蒸炊脱深甑，爽垲爱虚庭。

茶罢还留客，争先挈酒缾。

【注释赏析】

三四句旧时农村实况，大旱年份农村常因灌水而起纷争，风调雨顺则相安无事。天灾收成不足，胥吏进乡催租，常闹得鸡飞狗跳。

通过纳凉所见，诗人描述了乡村的丰年景象和百姓的好客朴实。

古柏庵

（清）胡容方

古刹知何年，眠阶柏半边。

野人来作社，病衲久无禅。

舞叶鸣檐转，寒花供佛偏。

曾闻有篆刻，剥树惜苔钱。

【诗人简介】

胡容方，生平事略不详。

【注释赏析】

古柏庵在今高家镇境内，乾隆时有知名僧人问渠。

苔钱：苔点形圆如铜钱故名。

赠古柏庵问渠

（清）叶闻性

独坐枯禅一比邱，萧条懒与白云游。

柏枝曾识西来意，豆子间栽南陌头。

日琢木瓢真率在，时摹古刻俗缘休。

劳劳试问瞿昙辈，谁向源寻活水流。

【**注释赏析**】

瞿昙：瞿昙是释迦牟尼的姓，借指僧人。清代方文《水月庵同盛伯含宿兼呈退谷师》诗："湖上相逢如梦寐，风前一笑两瞿昙。"

问渠上人招看菊花红叶病不能往

（清）叶闻性

霜叶黄花近若何，三秋景物病中过。

杖藜日暖窥园少，煮药风凄闭户多。

篱畔任沾晓露冷，岭头应带夕阳酡。

却憎蟋蟀相依甚，时傍阶前作细哦。

【注释赏析】

通篇写病况，体贴入微。

安仁渡

（清）徐逢春

日落秋江隔岸红，行人惆怅在孤蓬。

舰冲逆水声磨石，帆上危滩力诎风。

烟锁古城看牧马，云开断塔指归鸿。

此间独立频增慨，破浪何时慰曲衷。

【注释赏析】

原注：是处下接盈川故县，上抵孟家汊，有孟家塔。

诗写逆水行舟之难，船既磨石，帆又诎风。

五六句从大处着眼，也是凄凉景色。与李白《行路难》诗最后高喊的"长风破浪会有时，直挂云帆济沧海"两相比较，可见心胸有别。

诗的另一版本相差极大，若有兴趣可对照而读。古人评：句新，写有情景。

过安仁渡

（清）胡　曾

片桨东流下，烦襟一晌开。
断云随鸟没，细雨逐帆来。
野戌空残堠，江村闭绿苔。
苍烟连草色，留赏莫相催。

戎马频过处，迎眸草倍凄。
病僧荒塔下，破屋小桥西。
脱兔依新垒，孤帆过别溪。
萧条桑柘影，日午不闻鸡。

【注释赏析】

此诗写顺流而下，心情便完全不同了。

堠：古代瞭望敌方情况的土堡。

盈川旧县

（清）文 正

川流弥弥起轻波，一片寒烟引棹过。
才子从来为傲吏，风光今日付渔歌。
碑残冷蝶飞秋草，堞坏饥鸦噪女萝。
采采蒹葭何处是？艾公洞口夕阳多。

【诗人简介】

文正，字圣维，号亦维。为文山先生后裔。乾隆衢州西安县诸生。列名菱湖诗社。好诗歌，苦思不少辍赏。著《圣维诗歌》二卷。

【注释赏析】

五句"碑残冷蝶飞秋草"极好，六句板而不敌。

艾公洞：在今龙游县境，与翠光岩、石窟一起被称为小南海石室群。

盈川废县

（清）吴 炳

为觅封阡几问津，盈川胜景傍江滨。

周源水到中流静，团石山回百里春。

恰好烟村环古树，还宜城郭驻芳尘。

如何羡有神明宰，每岁秋深幸一巡。

【诗人简介】

吴炳，清代龙游邑庠生，生平史略不详。

【注释赏析】

周源水、团石山：盈川附近山水。

末句指当地为纪念杨炯举行的出巡祭祀仪式。

盈川潭

（清）汪致高

系缆盈川埠，孤帆落晚风。
潭深春水绿，山缺夕阳红。
沽酒烟村里，呼牛野笛中。
醉来眠未稳，新月海门东。

【诗人简介】

汪致高，字泰峰，号逸园。衢州西安县人。考授州同。主要活动于乾嘉时期。行世性恬淡，姿极聪颖，经史子集无不研其精奥。尤工于诗，著有《亦园诗稿》。

【注释赏析】

诗题一作《宿盈川》。

据清嘉庆《西安县志》记载："盈川潭，在县东四十里。丹崖俊削，绿水澄鲜。月夜放舟，如游赤壁。"

写傍晚景色极美，末句与时跳跃，别有情调。

此诗从布局来看，围绕"宿"字步步递进，自然浑成。分拆来看，又宛然四幅条屏，妙呈毫颠。常见人作画无字，总觉缺憾，如能多读点诗，是否能相映成趣呢？

盈川城墟

（清）童应复

城隍废后已千年，岸柳为谁起晚烟？
四杰名传贤令尹，三衢地辖旧山川。
春风故垒闲眠犊，落日新阴泊钓船。
剩得唐初流水在，尚随驿路入遥天。

【诗人简介】

童应复，字来占，号石村。清代龙游人。乾隆四十四年
（1779）岁贡。少时倜傥豪放，中岁折节读书，诸子百家莫不究
览。课徒数十年，所为诗颇得老杜气韵。书法遒劲，逼真颜柳。
著有《一弇诗稿》。

【注释赏析】

诗以设问开篇，往事越千年，人事全非，而山川依旧，只有
一江春水，无情东流。全诗一气呵成，如水流转自如。

早游盈川埠

（清）陈德调

晨烟乍起影朦胧，旭日初升岸半红。

野碓春时深咽水，布帆飞处饱餐风。

几声鸟语千山静，一曲渔歌百虑空。

翠壁丹岩依旧是，同游兰桨莫匆匆。

【诗人简介】

陈德调，字鼎梅，号燮堂，浙江义乌人。清嘉庆十六年（1811）进士，十八年改教官，十九年补授衢州府学教谕。与门弟子讲学重实行，撤空言。朝廷功令，凡试士以《四书》《五经》命题，所课制艺不得违背朱熹注解，陈氏讲授经传多与朱子不合，闻者骇走。陈德调任教谕 20 余年，官衢 20 多载，家甚贫。卒葬衢州城南千囊畈。著有《我疑录》《存悔堂诗草》。

【注释赏析】

盈川埠已存 1200 余年，系衢龙航道重要渡口，明末清初古埠旁建一亭。

"乍起"、"初升"写早晨景色，写布帆的"饱"和"餐"字均好。

颈联出彩，不亚于名句"蝉噪林逾静，鸟鸣山更幽"。

盈川晚渡

（清） 叶闻性

薄暮理归楫，渔舟泛碧浔。

夕阳在鸟背，树影入潭心。

网晒白沙乱，烟笼红叶深。

幽怀寄孤棹，极浦起层阴。

【注释赏析】

第三句如唐人咏柯山诗中的"遥峰没归翼"，颈联承前从江
中所见，转到近岸风光，"乱"和"深"炼字均好。

西安竹枝词（选一）

（清）郑桂东

盈川如縠映虚空，秋夜携樽放短篷。

残月晓风郎酒醒，隔船高唱满江红。

【注释赏析】

竹枝类民歌，可见当时风情。

次和子居夫子留别盈川原韵

（清）范登倬

歌声颂祷遍三衢，慈爱聪明惠与俱。

化式诗书人共仰，严明斧钺暴当诛。

一官能植黎元福，万姓齐闻佛子呼。

始信阳春真有脚，应将膏泽溥寰区。

琴堂布化宰官贤，嘉惠儒林政最先。

凤企宫墙徒外望，幸逢衣钵得真传。

及时化雨滋书圃，应物春风育砚田。

一片冰心人共鉴，至今感戴意拳拳。

【诗人简介】

范登倬，字卓人，号莘侪。晚清衢州西安县人。廪生。表美丰姿，文品俊伟。屡试不售，游幕于外，抱憾终身。晚岁，贡明经。

【注释赏析】

子居夫子：即衢州知府世善。

黎元：百姓。

吊杨盈川

（清）叶 燊

华阴人才乘商风，灵旗飘摇垂碧空。
千载谁是相知者，碑矴上戛牛斗中。

嵌空赪紫虬蛟窟，霜天夜半系短筏。
醁醑一卮酹江心，万顷绿波浸澹月。

【诗人简介】

叶燊，龙游人。康熙元年（1662）岁贡生。

【注释赏析】

商风：秋风，西风。

碑矴：高耸。李白《明堂赋》："挐金龙之蟠蜿，挂天珠之碑矴。"

醁醑：指美酒。

重修盈川书院告葳（二首）

（清）佘玉书

懿哉此盈川，程材育多士。
伊昔任摧残，倾圮蓬蒿里。
废坠无补修，吾师以为耻。
日步董经营，次第咸就理。
月异而日新，轮奂并称美。
且幸委群材，左右供趋使。
重新室与堂，门墙尊瞻视。
从此坐春风，文教蒸蒸起。

功崇固维志，俗易端在教。
衡文赖吾师，士民胥则效。
谆谆率以身，范之以学校。
课期槐市拟，评定相诏告。
自慊毋自欺，慎独尤至要。
载道著为文，只字弗袭蹈。
明镜悬虚堂，妍媸无不照。
惟愿居稽者，孜孜勤考校。

【诗人简介】

余玉书，清代龙游人。邑诸生。选自《龙游攀辕诗集》，重修盈川书院，赖此诗考见。

【注释赏析】

告蒇：意思是告竣，落成。

轮奂：形容屋宇高大众多。

读韩仲止《涧泉日记》（二十首选一）

（清）周骏发

东南掌录一涛江，亭问盈川著此邦。

何处寻踪高四杰，空余滩影日淙淙。

【诗人简介】

周骏发，清钱塘人，著有《卧陶轩集》。

【注释赏析】

原注：引李习之《来南录》"由涛江上溯，过七里滩，止棹盈川亭"一节。

韩仲止，即韩淲（1159~1224），字仲止，号涧泉，宋代诗人韩元吉之子。祖籍开封，南渡后隶籍信州上饶。早年以父荫入仕，为平江府属官，后做过朝官，并与赵蕃（章泉）并称"二泉"。史弥远当国，罗致之，不为少屈。人品学问，俱有根柢，雅志绝俗，清苦自持，年甫五十即休官不仕。著有《涧泉集》《涧泉日记》《涧泉诗馀》。

此诗江和邦皆押古韵。

盈川读《李翱集》感赋

辛季延

一川烟霭住帆迷，石泷亭荒草满蹊。
桑落碧枯寒岸北，穀波红冷夕阳西。
江湖鸥梦三湘远，文字龙门六代低。
毕竟才华输此杰，空教岛籍付昌黎。

【诗人简介】

辛季延，诗人，生平不详。

【注释赏析】

李翱（772~841），字习之，陇西狄道（今甘肃省临洮县）人。唐朝时期大臣、文学家、哲学家、诗人。贞元十四年（798）

进士。曾游历衢州。曾从韩愈学古文，推进古文运动。著有《南来录》《复性书》《李文公集》。

石泐：石头碎裂。

鸥梦：指隐逸的志趣。

岛籍：贾岛、张籍均为韩愈大弟子。

昌黎：韩愈。韩愈是唐代古文运动的倡导者，被后人尊为"唐宋八大家"之首。

元夕宿觉林院

（清）郑万育

废院逢僧话，春寒慰寂寥。

呼灯支病榻，听雨过元宵。

县古留残碣，江空涨暮潮。

不堪沿岸柳，新绿已条条。

【诗人简介】

郑万育，字时熙，号二酉，别号霞外人。郑永禧高祖。乾隆壬子（1792）岁贡。才气超迈，好古文。下笔洒然，不拘绳墨。喜读秦汉书，以诗自娱，著有《霞外集》。

【注释赏析】

原注：寺在盈川废县。

呼灯：掌灯。

因病滞留，元宵宿寺，此诗句句写愁。"因过竹院逢僧话，又得浮生半日闲"是轻快之辞，相比之下诗人缠绵病榻，只有寺僧相伴稍慰。元宵灯火热闹，"听雨过元宵"是极无奈之词。春风又绿江南岸，而诗人依然是孑然旅人。

谒杨盈川城公祠

（清）陈圣泽

盈川旧邑草芊芊，古庙衣冠尚俨然。

一代盛名传四杰，三衢遗爱独千年。

讼庭野雀争斜日，官渡飞凫入暝烟。

人地只今俱寂寞，不堪惆怅水云边。

【注释赏析】

盈川城隍庙，又称杨盈川祠。传说杨炯任盈川令时因大旱祈雨不得，遂赴井而死，是日忽降大雨，民称其德，建祠奉祀。

芊芊：草木茂盛的样子。

"一代盛名传四杰，三衢遗爱独千年"为杨炯一生评价，可悬之作楹联。

杨盈川祠

（清）邵有培

盈川潭上水粼粼，我是当年旧部民。
感颂杨侯遗泽远，至今草木尚含春。

【诗人简介】

邵有培，字天植。康熙辛酉（1681）举人。

【注释赏析】

原注：吾乡旧为盈川所辖。

盈川城隍庙

（清）叶闻性

古庙盈川隩，千秋才子祠。

捐身非所惜，报享亦云宜。

夕照空山冷，西风落叶悲。

至今绵血食，行俭岂能知。

【注释赏析】

城隍庙今存，系民国十一年至十九年（1922～1930）移建，内有杨炯塑像。

行俭：裴行检（619～682），字守约，绛州闻喜（今山西闻喜东北）人，唐朝名将、政治家、书法家，曾断言初唐四杰才艺虽优器识欠大。

盈川怀古

（清）叶日萘

六朝尚才华，初唐有四杰。

才华未足多，器识谁超越。

杨子本神童，宰此方隅一。

若非稍深厚，郎官亦难必。

盈川素敦朴，弹琴卧终日。

古祠黄叶深，残碣苍苔啮。

前后问王卢，河流深欲咽。

谁惟彭泽工，官岂河阳拙。

裴相藻鉴精，定评如屈铁。

我来临永久，爱此风瑟瑟。

【诗人简介】

叶日萘，字鹤仙。家贫嗜学。乾隆乙酉（1765）拔贡，官云和县教谕。晚年归里，主讲鹿鸣书院。著《焚余集》，采入《两浙輏轩续录》。

【注释赏析】

睹物思人，品评杨炯。

过古盈川县

（清）刘 侃

秋风吹客缆，斜日下盈川。

县是风流地，人当垂拱年。

蔗林随野阔，烟堠隔江偏。

唐代遗民尽，谁思卢骆前。

【注释赏析】

垂拱：杨炯垂拱年间贬外，如意元年迁盈川为令。

渔

（清）张德培

一蓑烟雨湿黄昏，风软芦花映水痕。
鸥鹭不愁无伴侣，渔舟相傍过西村。

【诗人简介】

张德培，字养泉，张德容弟。生平孤傲，不好时艺。流落燕赵，抑郁不得志，殁于邸旅。工颜柳诸家直隶候补县丞。著《畊心斋吟稿》。

高家村舟次听叶西亭吹笛

（清）周世滋

青衫紫带镜中行，傲骨腰间玉篴横。

吹罢白云生鹢首，不知是水是风声。

【诗人简介】

周世滋，字润卿，号柳源。衢州西安县人。天性孝友，落落寡合。九龄即解吟咏，嗜文史，暇喜观古人书，想见其为人。同治年岁贡生，官永康训导。解任归，闭户植奇花数百本，几上置一琴，壁上悬一剑，朝夕静坐，以著书娱。有《淡永山窗诗集》《柳源文集》《玉屑编》等。

【注释赏析】

高家村，在高家镇境内，处衢江冲积河谷，农产丰盛。

叶西亭：生平不详，善吹笛。

玉篴：笛。如刘克庄诗句"玉篴横吹入乐章"。

鹢首：古代画鹢鸟于船头，故泛指船。

末两句写得白云飘裊风生水起，曲尽笛声悠扬的妙处。

盈川八景

（清） 周心田

太平钓月

太平桥上月徘徊，夜钓溪头稳座台。

海晏河流从此兆，飞熊吉梦几时来。

橘圃含烟

江南丹橘古扬名，惟有盈川种更精。

老圃含烟林较绿，山中奴婢本天生。

柳阴水碓

柳荫堤上水横冲，只见几间碓自春。

脱粟何须多费力，天工人仙两相逢。

双渡秋波

蒹葭白露近高秋，双渡齐撑得自由。

所谓伊人如宛在，溯洄相访顺波流。

城隍暮鼓

夕阳反照城隍庙，远近皆闻暮鼓声。
催得牛羊俱下坝，渡头灯火已微明。

莺潭渔舫

自古莺潭起泽梁，纷纷渔舫岸边藏。
篙头晒网篷中饮，行乐图前会一场。

龙井云生

由来龙井自天成，有时青云在此生。
倘若因此能洒润，祈年祷雨各输诚。

团石晨钟

一团古石朝曦映，数点钟声庙里敲。
何日可圆何日仰，震惊起凤与腾蛟。

【诗人简介】

周心田，清代龙游邑庠生，生平事略不详。

【注释赏析】

飞熊吉梦：借指得到贤士辅佐的吉兆。

山中奴婢：指木奴，即柑橘。

何日可圆何日仰：宋代王明清《挥麈余话》卷二："三衢境
内地名张步，溪中有石，里人号曰团石，有谶语：'团石圆，出
状元，团石仰，出宰相。'"

游盈川城隍庙

（清）祝康祺

生前为令死为神，废县常留庙貌新。

地界衢龙争报赛，千秋遗爱在斯民。

【诗人简介】

祝康祺（1854~1926），字劼庵，号介石。龙游梧村人。光绪十一年（1885）拔贡。入国子监南学。光绪十五年（1889）充正白旗官学汉教习。后官河南密县、新野、温县、孟津知县，以清廉闻。民国十年（1921）与余绍宋共任修志事，受聘为《龙游县志》副纂，居县城主持修志局事务，呕心沥血。卒葬沐尘，余绍宋撰其墓志。

【注释赏析】

报赛：古时农事完毕后举行谢神的祭祀。盈川地处衢龙交界，两地均有祭祀。

史 笔

（民国）余绍宋

史笔轻将酷吏蒙，盈川庙貌至今崇。
不征舆诵征投赠，论定州官岂至公。

去思岂以才名永，况有雕龙更胜之。
清绩又曾标史传，龙丘不见彦和祠。

【诗人简介】

余绍宋（1882~1949），字越园、樾园，别署寒柯。浙江龙游县人，生于浙江衢州。日本东京法政大学毕业。清朝宣统二年（1910）回国，以法律科举人授外务部主事。1911年任浙江公立法政专门学校教务主任兼教习。翌年赴北京，先后任众议院秘书、司法部参事，次长、代理总长、高等文官惩戒委员会委员、修订法律馆顾部、北京美术学校校长、北京师范大学教授、北京法政大学教授、司法储材馆教务长等职，并为"国大"代表。平生旨趣尽在金石书画、画学论著、方志编纂，为近代著名史学家、鉴赏家、书画家和法学家。1943年5月，应浙江省主席黄绍竑聘请出任浙江通志馆馆长，重修《浙江通志》。卷帙浩瀚，笔路蓝缕，艰难玉成。余绍宋善属文、精鉴赏、长方志、富藏书，尤工书画。传世著述有《书画书录题解》《画法要录》《画法要录二编》《中国画学源流概况》《寒柯堂集》《续修四库全书艺术类提要》《龙游县志》《重修浙江省通志稿》等。

【注释赏析】

史书谓杨炯为酷吏，余绍宋认为光征投赠之作不征舆诵也即百姓舆论，有失偏颇。

盈川潭怀古

（民国）郑永禧

盈川十里水盈盈，倚櫂潭边访废城。
尺土一隅镌武氏，故侯千载说杨名。
禾经秋雨平畴润，花放春风满治清。
记有李杠宗室令，如何樵牧寂无声。

【注释赏析】

原注：盈川城为武后如意元年置。杨炯坐贬为令，因呼为杨盈川。杨公以祈雨殁为城隍神。唐书宗室表有李杠为盈川令，今无考。

谒杨盈川祠

（民国）郑永禧

十年展卷仰初唐，今日亲登大雅堂。
相对低回无一语，满庭斜日落花香。

古木荒凉樵子歌，西风残照故山河。
杨公祠外萧萧草，曾被当年雨泽多。

【注释赏析】

原题注：杨侯名炯，华阴人，则天初左迁梓州司法参军，秩满授盈川令，以岁大旱，祈雨不得赴井而殁。是日遂大雨，邑人德之祀为城隍神。

"相对"两句，无语而胜有语，满腹话语都付落花矣。

正月四日放舟至章戴港

（民国）郑永禧

风和日丽早春天，片叶轻流下濑船。

花鸟向人都得意，沙鸥傲客尚高眠。

本来赤壁寻苏子，翻被银河笑汉骞。

万里浪头今得破，且看鲤化禹门前。

【注释赏析】

汉骞：汉代张骞。

禹门：今山西河津县西北龙门的别称，相传黄河鲤鱼跳过龙门，就会变化成龙。

杨村滩

（民国）徐映璞

杨村滩急旧知闻，水浅沙深港汉分。
晓霁初钩南浦月，斜阳欲射北山云。
渔船未系葡萄架，酒店不开杨柳阴。
唯有溪声似南宋，诗人击楫独沉吟。

【注释赏析】

原注：滩在衢东三十五里，宋人句"杨柳阴中新酒店，葡萄架下小渔船"，即此地也，风趣独绝。徐映璞此诗即为应和杨万里而写。

十五、全旺

题九仙寺

（宋）赵 抃

坠果春三径，蒸云晚一轩。

廊腰回战蚁，山腹合啼猿。

泉淡禽窥影，苔深屐印痕。

自惭名利者，聊免世纷喧。

【注释赏析】

　　寺在九仙岩，传说唐徐安贞在此炼丹能口喷水飞腾，日凡数次，故封其雅号"九仙"。旧有尼姑庵，历时千载，几经兴废，今重建九仙庙。

　　三径：意为归隐者的家园或是院子里的小路，陶潜《归去来辞》："三径就荒，松竹犹存。"

空中楼阁

（明）叶良玉

飞楼缥缈嵌绝壁，仙人架木来何年？
空中鸡犬刘安住，石上丹炉葛令传。
梯攀万丈不可到，杖拄九节惭无缘。
取醉挥毫骑马去，翻同兴尽剡溪船。

【诗人简介】

叶良玉，明代浙江上虞人。子叶砥，洪武进士，《永乐大典》副总裁。

【注释赏析】

空中楼阁在全旺镇境内，亦名侍郎岩，状若屏倚，上有"空中楼阁"四字，中凹处原有屋，相传唐代徐安贞曾在此读书。徐安贞（698~784），初名楚璧，字子珍，龙游人。唐朝进士，曾任中书侍郎。

刘安：西汉淮南王，笃好神仙黄白之术，宾客甚众，聚此炼丹，丹药方成，相传刘安吞服丹药升天，余药鸡犬啄食亦随之升天，"一人得道，鸡犬升天"的神话亦广传今古。

葛令：即葛洪，东晋道教学者、著名炼丹家、医药学家。及闻交趾产丹砂，求为句漏令。

剡溪船：《世说新语笺疏》：王子猷居山阴，夜大雪，眠觉，开室，命酌酒。四望皎然，因起彷徨，咏左思《招隐诗》。忽忆戴安道，时戴在剡，即便夜乘小船就之。经宿方至，造门不前而返。人问其故，王曰："吾本乘兴而行，兴尽而返，何必见戴？"山险难以攀登，也是乘兴而行，兴尽而返，不必处处亲到的。

道 岩

（明）叶良玉

访道幽岩里，游心玄化端。
佐卿今幻鹤，子晋昔骖鸾。
山带烟光暝，花将春事阑。
短歌聊当酒，来续古人欢。

【注释赏析】

道岩：与九仙岩相望，俗名大岩。

佐卿：唐代徐佐卿，是四川的道士。唐玄宗出猎，向孤鹤射一箭，鹤带箭向西南飞走。徐佐卿回到山中，对弟子说："我出游中箭。"于是将箭挂在墙上，说："等箭的主人来取。"后来唐玄宗到四川，识得此箭，才知道先前的鹤是徐佐卿所变的。

子晋：王子乔的字。相传为周灵王太子，喜吹笙作凤凰鸣，被浮丘公引往嵩山修炼，后骖鸾升仙。

甌 山

（清）陈圣洛

亭毒为烘炉，谽谺鼓其橐。

巨灵斸薪楄，祝融安鼎镬。

岿然石甌倚云天，周遭陡峭如规圆。

劈面矗起若锥卓，四山不敢与之相勾连。

徙薪曲突者，为谁浓云黑雾飞炊烟。

所以终古无邻此独立，往往鸾鸣鹤唳栖神仙。

仙人贻我九节杖，竦身直上如轻鸢。

耳边飒飒来天风，叆然元气开鸿蒙。

呼吸直可通帝座，一览倏尽千芙蓉。

我闻神仙不绝粒，青粝作饭天池渐。

餐余飞去朝玉京，抛此巨甌凝为石。

石上白日方杲杲，我欲披云拾瑶草。

安得石破天惊甌复开，犹胜柯山一枚枣。

大补玉粒腹便便，令我朱颜常不老。

噫吁乎，神仙之说知有无，山川也仗人吹嘘。

君不见，秦皇汉武多封禅，山经地志穷搜胪。

此亦大江南北一柱石，胡为落寞荒一隅。

托根不据要路津，生尘贻笑同莱芜。

【注释赏析】

甑山，又名绣峰，鹅笼山。在全旺镇境内，众山之上崛起一峰，石色正赤，四面圆净如削。圣洛博学多才，写诗如泉喷瀑泻，律绝缚不住而衍为长篇。

甑　山

（清）陈圣泽

一柱干云上，高高不可攀。

孤根拔万壑，倒影蔽千山。

积气虚无外，仙灵杳霭间。

胡麻曾熟否？分我驻红颜。

【注释赏析】

"孤根拔万壑，倒影蔽千山。"既是实写，也是神来之笔，气压群侪。

胡麻：相传为仙人食物。

甑 山

（清） 陈一夔

君不见康回触天天柱折，划然中断如斧截。

飞来堕地化为甑，犹带当年颅顶血。

悬岩老屋仙人家，夜深然火炊胡麻。

炊烟缕缕出云窦，火先化作峰头霞。

我来策杖蹑虎迹，飞身直上山之脊。

罡风吹断水晶帘，瞥见玉女理瑶瑟。

玉女之颜白如玉，两颊桃花双鬓绿。

为怜游客渴如龙，饮我琼浆贮满斛。

醉中悟得长生诀，不用金丹能换骨。

九仙联臂踏歌回，铁笛一声山骨裂。

【注释赏析】

康回：即共工，为中国古代神话中的水神。《列子·汤问》："共工氏与颛顼争为帝，怒而触不周之山，折天柱，地维绝，天倾西北，故日月星辰移焉；地不满东南，故百川水潦归焉。"

陈一夔天姿豪迈，善骑射，工击剑，诗作磊落抑塞，浩荡凌铄，韵押入声，须关西大汉持铜琵琶、铁绰板伴奏、演唱方能表现出其气魄。末句犹显跳脱不羁，与杜甫"子规夜啼山竹裂"，异曲同响。

石甋山

（清）涂庚杰

黄粱久不熟，谁与饭胡麻。
破甋顾何益，烂迷五色霞。

【诗人简介】

涂庚杰，原名照煃，字星吉。衢州西安县人。郡廪生。少旷
达，不修边幅，年五十仍折节读书，为文切理，试辄前列。

鹅笼山

（清）涂庚杰

仙家有戏术，幻迹寄鹅笼。
我欲破其石，书生可在中。

九仙岩

（清）范崇模

鹤声一一晓烟冲，翡翠屏开秋色浓。
若向青阳江上过，九仙分住九芙蓉。

【注释赏析】

　　此诗把九仙岩比作安徽青阳的九华山，也是迁想妙得。安徽九华山因有九峰形似莲花，因此而得名，诗人亦用"九芙蓉"形容此山。

宿九仙寺题壁

（清）陈圣洛

分得松窗一榻闲，白云相伴宿空山。

应无尘梦来清夜，只有泉声到枕间。

【注释赏析】

此诗可与宋代韩元吉《隐静山》一诗相媲美。"山锁松行一径遥，峰回楼殿更岧峣。飞来双鹤知何处？只有泉声下碧霄。"韩诗如画，陈诗句句写"宿"，一气呵成，颇清快洒脱。

寄题九仙寺柬法上人

（清）陈圣泽

爽气千崖集，深山六月秋。

竹凉侵鹤梦，泉冷咽龙湫。

醉酒容陶令，谈禅忆赵州。

蓬壶原有路，独客自夷犹。

【注释赏析】

法上人：九仙寺僧，生平不详。

赵州：从谂（778~897），以其"庭前柏树子"、"狗子无佛性"等玄言妙语，在河北赵州大力弘扬"平常心是道"的禅法，世人称这一禅系为赵州禅。

夷犹：犹豫迟疑不前或从容不迫。

访徐侍郎空中楼阁

（清）文　正

闻说灵丹妙驻颜，拂衣闲步向空山。

路从曲折崎岖入，人在虚无缥缈间。

楼外天风花片片，岩边苔雨篆斑斑。

如何不见飞仙迹，只有白云时往还。

【注释赏析】

　　此作按时间为序，移步换形，从缘起，到上山入阁，所闻所见，句斟字酌。尤其喜欢颔联两句："路从曲折崎岖入，人在虚无缥缈间。"既是登山实录，又富含人生哲理。诗人耽于写作，曾对人说："吾将呕出心肝不悔也。"时人比之鬼才李贺。

九仙岩观空中楼阁

（清）龚士范

罗浮仙山四百峰，每峰七十二璇室。

夜半天风卷地来，中有楼台乎飞出。

山灵疾走追不还，谁知吹入太末九仙岩。

岩之峻削若屏宸，横腰一屋陡撑起。

天然结构何玲珑，峨峨石柱纷插空。

檐嵌匾额拓四字，非篆非隶争神工。

高披阊阖峥寒碧，丹砂为床玉为席。

仙灵朝罢跨鹤回，窗里炉烟渺无迹。

好风朗月延入楼，霓裳一曲弹清秋。

呼之不应，欲上无由。

瑶草含春犹脉脉，白云倚槛空悠悠。

仙乎，仙乎！

峰头楼角如许借，登临胜上瀛洲榭。

晴空摩荡吟兴豪，正好摊书穷午夜。

【诗人简介】

　　龚士范，字式方，一字墨田，号春帆。龚大鈵长孙。衢州西安人。嘉庆辛酉（1801）举人，以大挑得县令，官江西万载知县。在任所，犹时与故乡老友唱和不倦，后进子弟亦乐于就正。有诗稿存。

【注释赏析】

诗人匠心独运，把九仙岩比作罗浮山吹来的飞来峰。用赋法铺陈空中楼阁，只是远看而已，却凭借想象，写得瑰丽多彩。

答叶逢源约游九仙源

（清）陈一夔

闻道仙源里，翛然不染尘。
岩悬太古屋，中有先秦民。
瀑布峰头月，梅花物外春。
岂辞携蜡屐，但恐或迷津。

【注释赏析】

叶逢源：即叶闻性。

九仙源：九仙山下小溪。

诗借用陶潜《桃花源记》，写"乃不知有汉，无论魏晋"的生活和近乎原始的生态。末句亦同唐代孟浩然《南还舟中寄袁太祝》诗："桃源何处是？游子正迷津。"如有缘得游，恐怕乐不思归了。

师姑岩

（清）徐常棣

窗外峨峨见一峰，峰腰有阁白云封。

回头俯视人间世，知在烟霄第几重？

【诗人简介】

徐常棣，字台衡，号春园。衢州西安人。雍正己酉（1729）拔贡。官河南雎州州判，密县知县。

【注释赏析】

末句用设问容易写好，相似的诗句有"知在蓬莱第几重？""知在旗亭第几重？""知在青霞第几重？""知在春山第几重？"笔法极多，如唐代施肩吾《戏赠李主簿》："不知暗数春游处，偏忆扬州第几桥。"唐代王仲舒《寄李十员外》："惟愁又入烟霞去，知在庐峰第几重？"最佳即唐代贾岛《寻隐者不遇》："只在此山中，云深不知处。"如画之留白，反而生发无限遐想。

铁磨岩

（清）陈一夔

步屟穿云出，云深境自寒。

行来第几曲，陡绝已千盘。

拂耳风逾劲，凭阑魄未安。

似闻明月夜，碧落度青鸾。

【注释赏析】

自注："一名师姑岩，宋有比丘尼刘铁磨倒化于此。"

青鸾：传说中相伴西王母的神鸟，也是西王母的信使。诗法俨然，清气出尘。

空中楼阁

（清）陈一夔

仙人何处去？老屋锁青霞。

时有云中鹿，来衔劫后花。

岚光笼碧瓦，晴气护丹砂。

却望重岩里，斑斑古篆斜。

【注释赏析】

陈一夔旷达不羁，长于七古。此律却藏而不露，如羚羊挂角，言而有尽意却无穷。

空中楼阁

（清）王登崑

仙岩何玲珑，秀气郁以积。

嵌空列槛楔，夭娇凌千尺。

奇幻本地灵，混沌自天辟。

悬顶萝纷披，阁外云络绎。

引风拂烦襟，挹爽涤尘迹。

会当飞梯升，长啸裂山石。

【诗人简介】

王登崑，字西源，号元圃。衢州西安县人。幼颖悟，工文词。乾隆间邑增生。从翟灏游，诗律愈精，人以摩诘称之。

【注释赏析】

夭娇：形容姿态的伸展屈曲而有气势。

末句同陈一夔"铁笛一声山骨裂"，分风擘流，余响不绝。

空中楼阁

（清）陈圣泽

仙人营别馆，结构凌丹邱。

绝壁一千仞，中天十二楼。

凭谁控黄鹤，携我临清秋。

日暮岭云合，徘徊空复愁。

【注释赏析】

原注：在县东九仙岩，岩峭峻百仞，当其中凹处，撑柱为屋，曰："空中楼阁"。

陈圣泽诗学韩愈、杜甫，首联气势宏大，颔联比对具体，而颈联潇洒出尘，末联转沉郁，如崔颢《黄鹤楼》结束。

空中楼阁

（清）姚宝煃

仙山楼阁倚空冥，药杵丹炉露不扃。

可有霓旌翻日下，笑搓尘绶望云停。

朱霞烂射鸾龙字，紫照斜开翡翠屏。

一夜蓬莱飞彩笔，新宫天上又书铭。

【注释赏析】

霓旌：相传仙人以云霞为旗帜。

尘绶：官禄。

重游仙岩望空中楼阁

（清）陈圣洛

乱泉深竹里，落日满苍苔。

地尽群峰占，云惟一径开。

佛多闲岁月，僧识旧宗雷。

笑问三生石，频年几度来。

不厌山灵巧，犹忻目力加。

凿开混沌窍，构就仙人家。

徒绝临无地，孤悬倚断霞。

谁伸巨灵臂，飞笔篆龙蛇。

【注释赏析】

宗雷：晋宋之时的画家宗炳、学者雷次宗的合称，二人都是东晋高僧慧远主持的"白莲社"成员，后人用以比喻结交高雅的文士。唐代权德舆有诗："宗雷此相遇，偃放从所欲。"

陈圣洛此诗如同时费淳所评："清丽芊绵，渊雅可颂。"

偕月闲上人叶逢原游桂花岩

（清）陈圣洛

我闻八万二千修月户，划削蟾宫如青铜。

应手斲落七宝屑，霏霏吹堕东山东。

堆琼积玉变山骨，依然嵌空如偃月。

岂知原有桂子藏其罅，至今岁久成林樾。

年年开落在空山，牧竖樵夫竞攀折。

光严老僧称近邻，金粟如来为旧身。

我挟仙凫远相访，把酒登高发兴新。

一径穿云穷崒屼，虬枝老干纷葱郁。

谽谺空洞气高寒，泠泠坐我蟾蜍窟。

我欲结茅赋招隐，漫山增植千万本。

更刊月窟老根株，编插周遭当篱槿。

秋高馥馥飏天风，吹送大地穷檐破。

孤愤不独才士尽，薰香且免阴翳蟾光有亏损。

【注释赏析】

桂花岩：在全旺镇境，有溶洞，山上多桂花故名。

光严：僧人。

金粟如来：过去佛之名，指维摩居士的前身。

崒屼：突兀高耸。

桂花岩

（清）余 华

倚岩老桂不知年，但得岩名以桂传。

云磴高盘通短屐，石池清浅贮寒泉。

西风十里成香窟，黄雪三秋满洞天。

若拟此间结茅住，好将诗咏小山篇。

【注释赏析】

余华七言诗"清挺绝俗，意境超旷"，五、六句专为桂花岩秋日写照，移咏他处不得。

小山篇：指淮南王刘安门客淮南小山所作《招隐士》篇，王逸《楚辞章句》说："《招隐士》者，淮南小山之所作也。"诗中借指归隐。

仙　楼

（清）余　华

仙去遗楼在，欹斜挂绝巅。

崇山削四面，空阁冷千年。

人迹岂容上，云梯未许悬。

书崖是谁手？惊叹笔如椽。

【注释赏析】

原注：有空中楼阁四大字。

前人谓其诗"大体气味清深，体裁雅洁"，三、四句一从空间描述，一从时间感叹，是对偶之正。

仙岩寺

（清）余　华

仙岩幽涧上，寺小与岩连。

楼阁空中见，云霞杖底穿。

风琴鸣翠竹，崖字认飞仙。

老衲多情甚，为予煮石泉。

【注释赏析】

原注：与仙楼对峙，绝顶有"飞仙"二字。

三藏寺

（清）王荣统

四围青嶂合，一径白云封。

门掩乱泉响，花开败砌秾。

院荒多长竹，僧老半为农。

茶话能留客，阴移古殿松。

【诗人简介】

王荣统，字贯卿，号寅庵。衢州西安县人。乾隆丙辰（1736）举人。官浙江鄞县教谕。诗入《两浙輶轩续录》。

【注释赏析】

三藏寺在全旺镇境内，南朝梁代所建。诗所写由大而小，由近而远，取象自然，虽乱、败、荒、老，而禅趣自在。娓娓茶话，不厌不倦，不觉时光飞逝，曲笔点明古殿的松阴挪移。

大慈寺

（清）叶闻性

古寺白云里，行来山几重。
林深藏虎迹，叶落老秋容。
心印一池水，庭寒万树松。
远公何处去？夕照引疏钟。

重游大慈寺

（清）叶闻性

新晴开宿雾，初地喜重过。
径曲依山转，松阴入院多。
清池空色相，法界雨陀罗。
元度还参座，披襟发浩歌。

【注释赏析】

大慈寺：在全旺镇境内，后周广顺元年（951）建，近年陆续修复西方三圣殿和大雄殿。

　　"心印一池水，庭寒万树松"，诗皆写实，古寺东南端，有两口龙井，清澈见底，龙井向西延伸，有九口上下相联的放生池。这里有许多要四人以上才能合抱的苍松、枫树、香樟，今仍余十数棵。

游石甑山

（清）叶闻性

昔闻仙人多绝粒，何以仙源甑名石。
又闻仙人饭青精，何以石甑为山名。
浮浮云气尝蒸蔚，屹屹孤峙殊峥嵘。
峥嵘之巅产瑶草，服之能令人不老。
曲突宁须墨子黔，执爨何用麻姑爪。
麻姑米，云房粮，煮白石，烹元浆，何时服食同翱翔。
我来游仙宿空谷，未及清晨呼起沐。
弯环数里尽松篁，猿鸟哀啼泉飞瀑。
披樵径，登崇冈，攀藤陟磴云搴裳。
踵蜷蹙屈不能上，同侪挈引魂飞扬。
哆口坐定憩危石，俯视丛箐云苍苍。
仰睇石甑不数武，更辟荆榛运斤斧。
嶔崎碻确碎肌肤，及踞层巅天尺五。

罡风烈烈吹青鬟，疑向碧落开天关。

点点林峦来足底，培塿皆如饭颗山。

始知天壤山川之奇傀，不登绝顶不能叹观止。

彼惮勤劳者，眼眶尺咫耳，安能极目穷千里。

我今试问仙人何日熟胡麻，朝炊沆瀣暮餐霞。

人生自有不朽事，何必羽化为仙家。

【注释赏析】

此诗由山名"甑"生发开来，敷衍成篇。

曲突：指烟囱。

墨子黔：孔席不暇暖，墨突不得黔，形容奔忙的情形。

执爨：指司炊事。

麻姑爪：麻姑的手。麻姑是中国神话人物，能掷米成珠。

蹽蜷蠖屈：曲屈的样子。

哆口：张口喘气。

嵚崎碗确：险峻瘠薄。

罡风：指劲风。

培塿：小山丘。

沆瀣：指水汽露水。

登眺仙山，无人不向往得道成仙，诗人最后一笔却逆袭，寄托更显深远。

过光严寺赠月闲

（清）叶闻性

小桥流水接松阴，松下远公抱膝吟。

五亩园留云满地，万竿竹护夜栖禽。

新诗只许陶潜和，旧径无妨元度寻。

一自虎溪三笑后，何年结社入东林？

【注释赏析】

光严寺在今全旺镇境内，屡建屡圮。

月闲：乾隆间衢州光严寺僧，与陈圣洛、陈圣泽昆季为诗友，诗入《两浙辀轩续录》。

远公：东晋高僧慧远。

虎溪三笑：佛门传说，虎溪在庐山东林寺前，相传晋僧慧远居东林寺时，送客不过溪。一日陶潜与道教上清派宗师陆修静来访，与语甚契，相送时不觉过溪，虎辄号鸣，三人大笑而别。后人于此建三笑亭。

赠光严寺月闲

（清）陈圣泽

静闭禅关对万峰，逢迎不过虎溪东。

谈玄久欲归支遁，结社还应仗远公。

梅子熟来香味好，昙花落处色声空。

蒲团相对清阴里，但觉浮生数转蓬。

【注释赏析】

支遁：世称支公，也称林公，别称支硎，东晋高僧、佛学家、文学家。

远公：东晋名僧慧远的尊称，因其大力弘扬净土法门，被后人尊为净土宗初祖。

转蓬：随风飘转的蓬草，常用来比喻行踪无定或身世飘零。

楼峰怀古

（清）徐逢春

尺五凌霄卓一峰，岑楼高耸碧芙蓉。

月含镜匣光犹冷，云锁琴台湿未封。

椒壁昔年承盛宠，樵苏何处认遗踪？

可怜摹遍残碑碣，寂寞苍苔渺旧容。

【注释赏析】

原注：山在南，离城五十里，上有前明孝贞皇后祖墓居址。

全旺穆临村北低丘因明成化二年（1466）建有楼台而称楼山，村亦改名楼山后。

颔联原注：前有妆镜山，一名抱琴山。

椒壁：以椒和泥所涂的墙壁，多指后妃的居室。

前人评此诗：感慨淋漓，沉郁顿挫，杂之唐人诗集中，当不复辨。别有一版，数处不同，可对照观诗人改易苦心。

登翠微山巅

（清）范　珏

郁郁与天极，仰瞩惟青烟。

迢迢自地上，洒面飞红泉。

冥鸿有遗构，戏鹿多闲田。

旷宕欣永托，耕凿知何年。

【注释赏析】

翠微山在甑山、九仙岩之间，上有平田数十亩。

冥鸿：指高飞的鸿雁，喻避世隐居之士。

遗构：以前留下的建筑物。有房有田，确系隐居的好场所。

晚过状元峰下

（清）毛廷梓

秀毓灵钟四百年，姓名幸未没荒烟。

樵夫哪晓沧桑换，日暮闲谈宋状元。

【诗人简介】

毛廷梓，字恭居。衢州西安县人。康熙间贡生。与翁复（克夫）为至友，翁辑刻《四书合讲》，时有商榷。

【注释赏析】

状元峰：在全旺镇境内，其下是宋状元毛自知所居，亦名卧龙山。

此诗脱胎唐代王建《古行宫》："寥落古行宫，宫花寂寞红。白头宫女在，闲坐说玄宗。"

题宋招讨使王安故宅

（清）龚 渭

斯人高躅何人继，鹤怨猿啼几百年。
我欲梯崖架一广，自驱黄犊种山烟。

【诗人简介】

龚渭，字望滨，号竹溪。衢州之西安人，性孝友而绩学，工词翰，尤精书法，名噪艺林。乾隆三十七年（1772）进士。授江西萍乡知县。未抵任，遽卒。著《竹溪吟稿》，采入《两浙輶轩续录》。

【注释赏析】

王安故宅：在翠微山，宋招讨使王安所居。

徐徽言墓

（明）叶其蕃

羊皮浑脱济奇功，苦战河西气若虹。
孤垒伤心烧积甲，全家溅血洒弯弓。
中原马革归魂远，绝塞龙须坠地空。
朽骨灯檠悲更露，白杨高冢啸哀风。

【诗人简介】

叶其蕃，衢州西安人，明万历二十六年（1598）进士，累官至福建按察使。

【注释赏析】

徐徽言墓：徐徽言（1093~1129），字彦猷，衢江区全旺镇官塘人。宋代抗金英雄。大观二年（1108）应诏，赐武举绝伦及第，历任保德军监押等职。靖康元年（1126）升武经郎，知晋宁军（今陕西佳县）兼岚（岚州，今山西岚县）石（石州，今山西离石县）路沿边安抚使。不久，宋钦宗割让河东、河西两路等黄河以北州府，军民震惊悲愤，徐徽言毅然挥师收复河西路诸州。次年，北宋覆灭，徐徽言与汾、晋（均属山西省）一带民间勇士数十万相约收复失地。其与太原路兵马都监孙昂誓死抗击，杀敌甚多，不幸被俘。金帅完颜娄室令宋徽宗亲信劝降，徽言厉声斥责。金人知不可屈，遂射杀之。追赠晋州观察使，谥忠壮。再赠彰化军节度。墓址在全旺镇杨家坂五凤楼，又名"五坟头"。

诗总括徐徽言战功，寄托不尽哀思。

谒徐忠壮公墓（二首）

（清）申 甫

岢岚援绝痛臣功，骂贼平原舌吐虹。
天子龙沙沉玉柙，将军猿臂殉雕弓。
南朝花石冬青换，大幕旌旗月黑空。
终古英魂飞越水，伍潮岳树尽悲风。

庙祀河西几百年，斜阳翁仲墓门前。
奈何郊已曾多垒，真是仇难共戴天。
千古名终埋不去，一坏骨岂朽堪怜。
累累荒塚谁无死，青史丹心日月悬。

【注释赏析】

徐忠壮公：即徐徽言。

岢岚：山西忻州地区辖县。

一坏骨：坏，读坏，土丘的意思。

把徐徽言比之伍子胥和岳飞，高度评价其历史地位。

徐徽言墓

（清）孔毓芝

几湾绿水护官堂，策杖寻幽晚渡航。
野老喃喃遥指处，忠臣墓在白云庄。

断碣新苔剔绣纹，高风常动路旁人。
口碑自足传千载，好古何尝让子仁。

河山半壁欲扶倾，身世真同一叶轻。
飒飒西风吹古木，耳边犹作不平声。

一杯浊酒墓前浇，荒草凄凄恨寂寥。
回首夕阳明灭处，白虹飞影贯层霄。

【诗人简介】

　　孔毓芝，字秀三，号参城。衢州西安县人，嘉庆间岁贡生。为文主理，教子弟以敦气节。学者崇尚之。

【注释赏析】

官堂：即徐徽言的故居官塘村。

徐徽言壮烈赴死，威震海内。宋高宗为此抚几震悼，叹道："徐徽言报国死封疆，临难不屈，忠贯日月，过于颜真卿、段秀实远矣，不有以宠之，何以劝忠，昭示来世。"朱熹亦为题词"忠贯日月"。末句"白虹飞影贯层霄"，正用此意。

甑　山

（民国）郑永禧

突然孤甑矗空山，日落苍烟出没间。

欲借青精炊一顿，大餔天下驻红尘。

【注释赏析】

原题注：距城五十余里，山形如甑。

青精：一名南烛，又称墨饭草，道家制作青精饭的原料之一。代指精饭。衢州有商家做青精食品，当时没找到本地文献，讵料竟然于诗中偶遇。

餔：食，吃。比杜甫"大庇天下寒士俱欢颜"范围更广了。

游九仙岩

（民国）郑永禧

曲蹬盘云访翠微，万峰堆里漏禅扉。

鸣空清磬孤猿答，拂地寒烟老鹤归。

绝顶松风喷瀑布，重阴苔雨活垣衣。

何时至此眠黄叶，闲倚香台数鸟飞。

竹外疏钟韵未收，泉声汩汩泻龙湫。

一庭红叶迎人面，四壁青山现佛头。

入定僧成枯木相，游仙客踏白云秋。

采芝觅遍蓬壶境，烟锁空岩翠欲流。

【注释赏析】

首联"漏"字好，引人入胜。

垣衣：墙上背荫处所生的苔藓植物、地上的苔藓，与瀑布真成无情之对。

重游九仙岩

（民国）郑永禧

当年选胜步巉巉，风吼虬松雨洗杉。

一径残黄粘蜡屐，满窗浓翠湿轻衫。

题诗每遣僧磨墨，此会颇疑客不凡。

今我再寻飞仙迹，白云缥缈锁空岩。

【注释赏析】

原有《小序》："丙戌秋予偕故友方锦川由甑山入九仙岩，望空中楼阁，摸索飞仙字迹，小憩寺中。山僧款接甚殷，题诗二律于壁而别。今再至其地，僧已杳然，诗亦不见，怅然有作。"

望空中楼阁

（民国）郑永禧

曾携乔舄访仙家，悬岩龃龉夕照斜。

洞底扫红开药径，峰头飞白翳苔花。

云窗夜冷巢明月，丹灶秋晴煮落霞。

安得巨灵伸巨腕，尽将古壁篆龙蛇。

【注释赏析】

原题注：在九仙岩唐侍郎徐安贞隐处。

乔舄：指王乔飞凫入朝故事。

龃龉：原指上下牙齿对不齐，此处借指山形。

九仙山

（民国）徐映璞

百重烟树几重关，千里江天独往还。
胜迹转教遗梓里，行云空过九仙山。

【注释赏析】

原注：山在衢东南六十里，圆石壁立如甑，俗称饭甑山。乾隆时菱湖陈橘洲昆季锤凿而上，居岩洞中经年力学，遂以诗文驰誉当代。

乙亥二月谒远祖忠壮公墓写实

（民国）徐映璞

宛似龙蟠虎踞区，罗心水口几圆珠。

忠忱贯日山河动，壮志凌云气象殊。

岭布金银铜屑石，墓临三十六阶除。

胜朝防护留遗泽，犹有虬松五百株。

【注释赏析】

原注：地在城东五十里清平乡，北宋末公知晋宁军州事，当金夏两国之要冲。建炎初抗金战殁，敕葬于此，八百年来松楸无恙，石器依然。

十六、大洲

望南山

（宋）赵 抃

乌巨东西气候秋，子湖冈陇暮云浮。
欲观古佛丛林地，只用凭栏一举头。

【注释赏析】

乌巨：山名，在大洲镇境内，东西两山横亘，其西山竹树荟蔚，烟云出没，尤为奇绝。祝穆《方舆纪要》云：乃信安精蓝第一山。

游衢州乌巨山乾明寺

（宋）葛立方

乌巨山前谈实谛，江郎岩畔逗真机。
白虹示灭知何处，去采山桃又不归。

【诗人简介】

葛立方（？~1164），字常之，自号懒真子。丹阳（今属江苏）人，后定居湖州吴兴（今浙江湖州）。绍兴八年（1138）举进士。博极群书，以文章名世。曾任正字、校书郎及考功员外郎等职。后因忤秦桧而得罪，罢吏部侍郎，出知袁州、宣州。二十六年，归休于吴兴。隆兴二年卒。《宋史》附《葛宫传》。著有《归愚集》《韵语阳秋》等。

【注释赏析】

乾明寺：乌巨山西寺，也称开明禅院。

重阳日赴大洲

（清）徐崇烔

薙草诛茅亦自忙，出门才觉是重阳。
望城岭上岚光淡，细雨声中木叶黄。
每忆登楼浮菊酒，无缘邀客佩萸囊。
大观亭与千峰并，驻马遥瞻兴复狂。

【注释赏析】

大洲：衢南大镇。

薙草诛茅：芟除茅草。

莫囊：盛茱萸的袋子，旧俗重九登高饮酒，人多佩戴莫囊。

原注：途中有望城岭，昔年在山满楼九日登高饮酒。

大观亭：当地名胜，徐另有《咏大观亭牡丹》一诗。

过沧洲即事

（清）汪致高

松径凉生暑已收，山泉闲共白云流。

个中可惜无人住，冷落苹花雨弄秋。

曳杖寻诗岭上亭，白云遮断几峰青。

仆夫催我登程急，不管松风正好听。

【注释赏析】

沧洲：大洲镇的别称。

风景正好，惜无人欣赏，还有个恼人仆夫杀风景，小诗贴近日常，亲切有趣。

登乌巨峰绝顶

（清）陈圣洛

姑蔑岩邑皆山也，乌巨独奇无识者。

矗空耸峭难攀缘，有路只疑从天下。

我来特与鸟争道，济胜具强颇及马。

得半已历千百盘，白云深处开兰若。

老僧款客供伊蒲，食罢揽衣逐颓乌。

蹀蹬膝颃欲相接，伛偻气粗如于菟。

忽惊天低发可扫，不知身已出尘表。

俯瞰九州井底宽，纵目遐荒俱了了。

柘湖双港直牛涔，九龙烂柯蚁蛭小。

灵宫逼近斗构悬，独坐忘言黄面老。

顿然下界一时空，四顾云海何茫渺。

僧言雷雨方弥漫，身边红日犹杲杲。

君不见，岱宗昏晓割阴阳，而乃同天异雨旸。

可惜僻处非通津，封禅不及梁父光。

寂寂终年侣猿鹤，空使茂陵遗文章。

【注释赏析】

原注：在城南四十里，俗名大尖山。西山盘旋而上更五六里，乃至其巅，是名乌巨峰，有琳宫焉。左瞰括苍，右临睦婺，邑中巨观也。昔徐子卿、方孟旋二先生读书于此。

济胜：攀登胜境。

兰若：泛指佛寺。

伊蒲：即伊蒲馔，斋供，素食。

于菟：虎的别称。

遐荒：边远荒僻之地。

柘湖、双港、牛㳍、九龙、烂柯：俱衢州地名。

茂陵：《史记司马相如列传》："相如既病免，家居茂陵。天子曰：'司马相如病甚，可往从悉取其书；若不然，后失之矣。'使所忠往，而相如已死，家无书。"以此指司马相如，或落泊文人。

王贵山

（清）王荣纮

闻琴既度世，吹篴遂接迹。

奇哉一朽柯，棣华贯仙籍。

九鲤飞上天，三茆拔去宅。

神仙夥同气，姓字人或失。

石桥仆碑像，过者昧王质。

峨峨王贵峰，樵子尽知得。

【诗人简介】

王荣纮，字度青，号慎庵。乾隆年岁贡生，补国子监教习，授诸暨训导。

【注释赏析】

王贵山：与乌巨山相连，贵乃质弟，相传于此仙去。

棣华：解释为兄弟。

小灵岩

（清）郑万育

四围蛛网挂晴丝，花落空庭鸟不知。

系马柳阴人寂寂，夕阳空吊偃王祠。

【注释赏析】

弘治《衢州府志》：小灵岩在县东二十五里，山旁旧有偃王祠。

游绿葱湖（选一）

（清）姜美琼

闻说潜龙有也无，同侪来访绿葱湖。

路如壁立缘藤上，人似禽飞藉翼扶。

万里遥看皆豁达，片时少坐尽欢娱。

名山夙慕游偏晚，今日方欣到此区。

【诗人简介】

姜美琼，龙游人。生活于清嘉庆、道光年间。在山麓淅源里黄氏家当私塾多年，著有《绿葱草堂诗抄》。

【注释赏析】

绿葱湖：今又名春湖、六春湖，在衢江、龙游、遂昌交界处。山顶土如湖泥，如沼泽，相传有龙泉，故以湖名山。春夏之交，万亩杜鹃盛开，满山赤艳，为衢江、龙游、遂昌三地旅游胜境。

西山寺

（民国）郑永禧

雨过空中叶乱飞，峰头木秃见斜晖。

老僧枯坐闲无事，自攫残云补衲衣。

【注释赏析】

西山寺在大洲镇境内，即乌巨山西寺。

石屏道中

（民国）郑永禧

石屏源里路坳深，四面山光静客心。
曲蹬古松饶画意，断崖流水泻琴音。
云收薄暮增寒态，鸟识将春试学吟。
还忆昔年经此地，榴花无数灿红林。

【注释赏析】

　　石屏，在今大洲镇境内。此篇诗中有画，诗中有琴，曲蹬古松，断崖流水，云卷云舒，鸟飞鸟鸣。大有"山静似太古，日长如小年"感慨。

十七、横路

醒石庵

（清）徐崇浩

何年此息踪，小小碧芙蓉。

幻出维摩室，飞来天竺峰。

云藏新长竹，石偃旧栽松。

绝顶一长啸，风涛起蛰龙。

【诗人简介】

徐崇浩，字充宇，号养庵。衢州西安县人，乾隆丙午（1786）恩贡。精性理诸书，尤笃于孝。居丧哀毁尽礼，抚孤侄如己子，戚党咸矜式之。为诗不假斧斤，自然削合，而气如阳和展布，时复一新，辑入《两浙輶轩续录》。

【注释赏析】

维摩：维摩诘的省称，佛家居士，以无垢称，自得解脱。

天竺峰在杭州，《天竺山志》载：东晋咸和初，慧理来灵隐卓锡，登武林警曰："此乃中天竺国灵鹫山之小岭，何年飞来此

地耶？"由此，山名"天竺"，峰称"飞来"。后人把峰南所建各
寺称"天竺寺"，分上、中、下三竺，为观音道场。

五、六句工整，末联飞动精神全活。

和徐养庵韵

（清）释不凡

地僻少游踪，浓开菊与蓉。

雨余呈幻相，云过见孤峰。

觑破空心竹，摩来秃顶松。

有时持戒律，安坐欲降龙。

【诗人简介】

释不凡：据晚清郑永禧《西安怀旧录》卷十记载："不凡，
乾隆间醒石庵僧。"

【注释赏析】

徐养庵：即徐崇浩。

徐诗飞动，不凡以静胜。

题醒石

（清）释不凡

天生此石顽不灵，曾向生公听说经。
点头归来似解意，道破天下尘梦醒。

【注释赏析】

醒石庵，即石楼寺，在今横路街道境内。乾隆间僧不凡募建。王荣统《醒石庵记》："郡之东南乡曰下墅，与沧洲接壤，平畴一望有奇境焉。左带平冈，右襟长浍，中之隙地衰倍于广。巍巍巨石被数亩、而矗数寻，嵌空其上，若巨鼋之戴。中有澄潭一勺，虽大旱不竭。向埋没于蔓草荒烟，即樵夫牧竖亦未尝过而问焉。有老僧不凡，求卓锡地，乡人以此畀之。"

同章熙亭、周敬修、崔金南游石楼寺

（清）徐崇焖

绀园有奇石，亭亭如楼阁。

骇此千尺强，凭空解寄托。

仰视疑飞来，俯恐坤轴弱。

心动米芾拜，车轮当面落。

下可通数人，坐久咸畏却。

老僧为予言，尘劫此常若。

涧水湛云根，四围竹木错。

道旁存废丘，苦被风雨恶。

东林余数椽，每养鹰与鹤。

伊蒲供我餐，如结三生约。

客述向所见，人功多穿凿。

柱石自天成，气象多浑噩。

欲去仍逗留，烟霞看漠漠。

能令风尘人，寸心爱邱壑。

【注释赏析】

章熙亭、周敬修、崔金南：诗人友人，余不详。

其学生评曰:"吾师西河先生之诗,追溯于陶谢,酝酿于孟韦,究心于昌黎山谷,取法于乐天放翁,以意胜,不以词胜。"诗押入声,用方言读更佳。

石楼峰

(清)陈圣泽

朝游烂柯山,坐看仙人弈。

仙人携我游,冥搜遍岩穴。

忽见丈人峰,再拜惊奇绝。

插天芙蓉青,拔地玛瑙碧。

浮云卷复舒,仿佛睹瑶阙。

峨峨十二楼,玲珑透明月。

云窗四面开,豁达凉风彻。

玉女坐其中,双鬟笑相接。

高卷水晶帘,肌肤照冰雪。

可望不可攀,徘徊忘日夕。

野人前致词,为予道宿昔。

昔年罗荆榛,参天傍突兀。

猛兽踞其内,修蛇为窟宅。

自从天地开,灵异无人发。

迩来纵野烧，崒崒一朝辟。

至今苍苔上，几处壁犹赤。

因思大块间，未乏幽奇迹。

向非开辟功，悲哉长芜没。

慷慨为尔歌，山灵遥击节。

【注释赏析】

原注：柯山东八里下墅坂有峰突起，自乾隆初删辟荆榛，始见岩石如楼。

和夫子石楼殿咏

（清）吴云溪

闻说楼台石作房，何年鬼斧凿茫茫。

澄潭碧水云分影，小岭梅花雪欲香。

一抹野烟归淡岫，数声牧笛送斜阳。

谁人更访空中阁，闲赋游仙曲数章。

【注释赏析】

中两联极细腻，碧水分影，梅花欲香，野烟淡岫，牧笛斜阳，如四幅工笔画，雅俗皆赏。

十八、黄坛口

癸未解组归里重至烂柯山有感（二首）

（清）张德容

夙闻此地息神仙，一别凄然三十年。
笑揖山灵谈往日，剧怜佛宇荡秋烟。
枰间黑白争多少，眼底沧桑易变迁。
莫怪当时采樵子，归来不复识从前。

山中水木绝清虚，还记当初此读书。
摹古已难校晋宋，求仙应欲混樵渔。
残秋尚醉黄花酒，傍晚重停红叶车。
待我百年来作伴，望衡对宇结邻居。

【注释赏析】

癸未：光绪九年（1883）。

解组：犹解绶，解下印绶，谓辞去官职。

缘溪踏春因至黄坛

（民国）郑永禧

一树花残一树新，今朝犹幸未深春。
迟迟红日懒如我，面面青山回向人。
十里鸠鹨浑莫辨，几家鸡犬自为邻。
此间别有桃源在，拟待呼船借问津。

【注释赏析】

黄坛：即今黄坛口村。

鸠鹨：斑鸠和鸥鹨。

此诗借陶渊明《桃花源记》，写山乡风物。"迟迟红日懒如我"，有特色。

宿黄坛口

（民国）郑永禧

乱泉危石怒难平，枕上虚惊风雨声。

一夜挑灯三起坐，为伊醒眼到天明。

四山围作白云窝，上下声闻鸟语多。

才说不如归去好，又行不得劝哥哥。

【注释赏析】

　　行不得：即"行不得也哥哥"，鹧鸪叫声的拟意，表示行路艰难。明代丘濬《禽言》诗："行不得也哥哥，十八滩头乱石多。东去入闽南入广，溪流湍驶岭嵯峨，行不得也哥哥。"

抱儿峰

（民国）郑永禧

我闻天姥峰，削壁灿烂青芙蓉。

又闻云母石，肤寸一起泽下尺。

耸然此石何其来，非姥非母儿在怀。

想因造化混元后，天泄异精结胚胎。

一朝风雨势离合，与娘分形而折骸。

形骸本归一气耳，气孕阴阳无二理。

大抵人生天地间，聚散离合阴阳起。

不见此石当道横，奇峰兀立云英英。

百川作脉山为骨，子母相连一气生。

娘兮娘兮壮煦煦，怀中濡濡石钟乳。

挂肚牵肠只为儿，燠寒不避风和雨。

儿兮儿兮劳依依，日在娘怀未忍远。

干霄讵乏高飞志，只将寸草答春晖。

能悟此理盖已寒，尝告天下为儿者。

纵令娘是石心肠，也知抱儿不相舍。

【注释赏析】

抱儿峰：于响谷山八里黄坛口，隔溪石壁耸立，中有一石峰面响谷，如女人开怀哺乳状，名抱儿石，石色纯白苔癣不生，形酷似之。背后又若寿星。故近村小孩多以石父石母呼之。

观抱儿峰铭诗其下

（民国）余绍宋

抱儿峰，抱儿不舍留慈容。
羡儿常在母抱中，
满身风露兮，苔藓不封。
谁伴寂寥兮，四围苍松。
巉岩壁立兮，攀跻无从。
江水滔滔兮日下，
抱而不舍兮，曾无日夜。

【注释赏析】

诗人自序："峰在衢县南乡黄坛口溪边，高数仞，立岩上，状如女人开怀哺乳。色纯白，苔藓不生，因有是名。"

十九、廿里

插秧歌

（宋）杨万里

田夫抛秧田妇接，小儿拔秧大儿插。

笠是兜鍪蓑是甲，雨从头上湿到脚。

唤渠朝餐歇半霎，低头折腰只不答。

秧根未牢莳未匝，照管鹅儿与雏鸭。

【注释赏析】

兜鍪：古代战士戴的头盔。

莳：移植，如莳田。

匝：满，到时。

此诗入选钱钟书《宋诗选注》。作者出衢城往江山道中所见
农家忙碌情况，钱先生对此诗青眼有加，估计是事关民生，非无
病呻吟或走马看花之作。且写来不掉书袋，平易如口语，且用入
声韵，形容戴笠披蓑的农夫插秧如同打仗，也很新鲜，或许还蕴
含了农时之急或生计之迫之类的旨意。

二十里街

（清）朱 筠

陆行略趁昼光晴，舣楫前头寒溜盈。

二十里街衢上水，三千士类粤余情。

故人衡宇车畴过，晏岁江湖酒自名。

岁晚霜严万里外，轻裘刚试北归人。

【注释赏析】

二十里街：即今廿里镇，以其距衢州府城二十里、古有街市而得名，廿里镇政府驻地。

三千士类：泛指贤士，朱筠典试福建，故有此说。

衡宇：意为门上横木和房檐，代指房屋。

项家桥

（清）朱 筠

西安界过路逶迤，去去田畦尘不吹。

入项家桥圆镜裂，别江郎石大冠欹。

地平略喜安魂魄，天险长吁远别离。

前路又将扶櫂去，暮云此际马驱宜。

【注释赏析】

项家桥：在今廿里镇境内。

二十、后溪

丁巳十二月二十六日过吾村早饭宿后溪
（三首）

（宋）李　光

梅蕊凌寒雪未消，青帘红旆巧相招。
十年不踏江山路，过尽吾村独木桥。

出处平生岂有心，心忧时事力难任。
饱看雁荡佳山水，却入江西剑戟林。

过尽关山到水村，衾裯犹讶四时温。
朔风凛凛催飞雪，似与幽人洗瘴痕。

【诗人简介】

李光（1078~1159），字泰发，一作字泰定，号转物老人。越州上虞人。南宋名臣、词人，与李纲、赵鼎、胡铨并称"南宋四名臣"。徽宗崇宁五年（1106）进士，调知开化县，累官至参知政事，因与秦桧不合，贬至昌化军。秦桧死，内迁郴州，复左朝奉大夫。宋孝宗即位后，赠资政殿学士，赐谥庄简。有前后集30卷，已佚。又有《椒亭小集》《庄简集》等。

【注释赏析】

丁巳：绍兴七年（1137）。

吾村：在今后溪镇境内。

后溪：即今后溪镇。

衾裯：指被褥床帐等卧具。

瘴痕：瘴，指热带山林中的湿热蒸郁致人疾病的气，此指瘴气留下的痕迹。

柏灵舟次

（清）陈鹏年

偶趁余闲出郭忙，青篷白板似绳床。
藤萝径接风俱湿，桑柘林深雨亦香。
梦里山川怜路隔，倦来襆被爱宵长。
沧江竟日蛟龙喜，巨浪终难一叶杭。

抠衣束带吏人情，狼狈犹余片刻清。
百越莫教双鬓改，五湖争似一舟轻。
乘闲绿蚁骚堪读，随意青山句偶成。
狗苟蝇营真汗浃，薄田吾已愧深耕。

清和天气早秋同，梅雨阴阴禾黍风。

夕照乍明平楚外，江流无际大荒中。

扁舟漂泊凭渔父，前路端倪任塞翁。

笑我频年浮海棹，蛟门何处路溟蒙。

【注释赏析】

　　柏灵：在后溪镇境内，也称柏龄，今作百灵街。

　　绿蚁：新酿的酒还未滤清时，酒面浮起酒渣，色微绿，细如蚁，故称。白居易《问刘十九》："绿蚁新醅酒，红泥小火炉。"

　　陈鹏年以政绩著称，诗也清华秀瞻，风雅洒脱。

将之柏林道中

（清）朱　筠

过岭山知秀色饶，咀含别味总难消。

宿宵奇恋狮山石，饭顷青看蚕豆苗。

传食百年桑梓迩，怀人重障鼓旗遥。

道逢心赏行车客，前后追随尚可招。

【注释赏析】

　　柏林：即百灵街。

后溪街

（清）朱 筠

石痕沙迹尽安排，村落云晴断北飘。

滩意横陈前渡日，松声乱落后溪街。

销魂光影江淹赋，堕泪山川羊祜怀。

不到江行已如此，浙东佳处眼为揩。

【注释赏析】

江淹赋：江淹（444～505），宋州济阳考城人。南朝政治家、文学家，是辞赋史上的名家。

羊祜怀：羊祜（221～278），泰山南城人，西晋大臣，力助司马炎吞吴，坐镇襄阳，都督荆州诸军事10年，屯田兴学，以德怀柔，深得军民之心。襄阳百姓为纪念他，特地在羊祜生前喜欢游息之地岘山建庙立碑，每逢时节，周围的百姓都会祭拜他。

后溪桥

（清）桑调元

篗舆雨若注，鸦轧声酸嘶。

咕足畏峭石，惊魂滑柔泥。

风滩集沙鸧，烟茨鸣村鸡。

半岩冒岚重，杂树连云齐。

行人襟背湿，箬笠寒凄凄。

方惭役徒御，安稳穿林蹊。

【诗人简介】

桑调元（1695~1771），清代官员、学者。字伊佐，一字弢甫，钱塘（今浙江杭州）人。雍正十一年（1733）召试，钦赐进士，授工部屯田司主事。后引疾归田，历主九江濂溪、嘉兴鸳湖、涑源书院讲席。桑调元尊崇程朱理学，在教学方面卓有成就，编撰《大梁书院学规》《道山书院学规》《江西濂溪书院》与《涑源书院学规》等。另有《五岳诗集》20 卷、《文集》30 卷、《桑弢甫诗集》14 卷、《桑弢甫诗集》续集 20 卷、《论语说》《躬身实践录》《桑孝子旌门录》等。

【注释赏析】

后溪桥在今后溪镇境内。

筍舆：竹轿。

舟返棠村

（清）吾德绅

记得辞家后，睽违两月天。

汀疏红蓼雨，堤老白杨烟。

风物惊心变，乡音彻耳圆。

候门人喜见，杯酒话桑田。

【诗人简介】

吾德绅，字缙臣。衢州西安县棠村人。乾隆年间恩贡。

【注释赏析】

棠村：在今后溪镇境内。

睽违：离别。自古离别回乡的诗很多，风物易变，乡音难改。

"话桑田"既是实指，也寓有"沧海桑田"，指世间事物变化。

首春姑蔑行部南郊杂咏（四首选二）

（清）朱伦瀚

出郭逢人日，乘春到柏龄。
远沙回镜水，叠嶂敞云屏。
树放经年绿，烟横一抹青。
东南春色早，旧日已曾经。

最喜经行处，梅花烂漫开。
枝随桥曲折，香度水潆洄。
孤屿鹤初还，罗浮凤欲来。
多时诗思竭，叉手绕春台。

【诗人简介】

朱伦瀚（1680~1760），字涵齐，号亦轩。先世山东历城人，隶汉军正红旗。康熙五十一年（1712）武进士。雍正五年，朱伦瀚由刑部郎中调任衢州知府，官至正黄旗汉军副都统。娴技勇，能左右射。书法兼该众体，蝇头，擘窠，各极其妙。

【注释赏析】

行部：也即巡行视察所属部域。

柏龄：即百灵街。

刚过了春节，朱伦瀚就从城南出发，往江山去。一路上远沙镜水，叠嶂云屏，梅花烂漫，仙鹤翔集，美景扑面而来，令人目不暇接。"枝随桥曲折，香度水潆洄"，把梅的枝姿和香韵，与视察所经行的桥与水相联系，毕竟画家剪裁，自有机杼。

朱伦瀚自嘲"多时诗思竭"，但一见衢州的山水清景，居然一下子诗思如涌，一气竟写下多篇。

叉手：典出唐代温庭筠，他才思敏捷。相传考试作赋从不起草，叉手构思，叉八次手就赋成八韵，人称"温八叉"。后用"八叉手"或"叉手"形容才思敏捷。

东华山寺

（清）郑锦屏

莫作终南捷径夸，偶因揽胜到东华。
快游梵宇迎红旭，静倚禅关望紫霞。
帆转须江双塔峙，樵归石室数峰遮。
追随童冠豪吟后，试汲甘泉共煮茶。

【诗人简介】

郑锦屏，生平事略不详。

【注释赏析】

东华山寺：在今后溪镇麻输尖，清康熙间，僧永风云游至此，见山景奇秀，林木苍古，更有甘泉清冽，因募建寺。

须江双塔：即凝秀塔、百祐塔。

夜泊前花埠，上岸小步

（清）刘　侃

朦胧沙岸月，旷步敞清襟。

雾气归疏荻，滩声入远林。

风来孤棹转，夜渡一灯沉。

随意幽行处，时存世外心。

【注释赏析】

前花埠：即前河村，位于今后溪镇境内。

二十一、湖南

叠石山

（宋）徐霖

叠石捎云起，真如塔一支。

叱来形具白，鞭处血凝脂。

虫蚀周宣鼓，苔封汉武碑。

清灵难久閟，频产五光芝。

【诗人简介】

徐霖（1214~1261），字景说，衢州西安华墅径畈人。年十三，有志圣人之道，取所作文焚之，研精《六经》之奥，控赜先儒心传之要。淳祐四年（1244），试礼部第一。知贡举官入见，理宗曰："第一名得人。"嘉奖再三。登第，授沅州教授，知抚州、衢州、袁州、衢州、汀州，卒于任所。归衢，学子300人送之。著《太极图说遗稿》《春山文集》等，学者称径畈先生。

【注释赏析】

叠石山：在今湖南镇境内，山以石累叠状得名。叠石中有岩穴，名仙游洞，可容十客，洞后有穴通山顶，顶平光润，逶迤三余里。

捎：掠拂。唐代蒋防《湘妃泣竹赋》："岂不以拂水捎云，逾千越万，庶夫知我者谓我点点而成文，不知我者徒曰青青而怀怨。"

三、四句用"叱石成羊"故事，《艺文类聚》卷九四引晋代葛洪《神仙传》："皇初平牧羊，为一道士引至金华山石室中，四十余年未归。其兄初起寻访至山，问羊何在，答云，'在山东'。兄往视，但见白石，不见羊。平曰'羊在耳，兄自不见。'平乃往，言：'叱！叱！羊起！'，于是白石皆起，成羊数万头"。

周宣鼓：指周宣王石鼓文。

汉武碑：汉武帝泰山封禅碑。

天井山

（明）余敷中

扪萝历磴出层巅，双屐凭凌万仞悬。

自拟中天开法象，翻从下界见云烟。

齐州九点溟蒙里，越井千家咫尺前。

深夜不须悲寂寞，摘来星斗似珠联。

【诗人简介】

余敷中，字定阳，衢江区湖南镇破石村人，明万历举人，曾任淳安教习，东流知县，著《太末先生集》《南园诗草》《北园

诗草》《青溪诗集》《春秋麟宝》等。子余钰，贡士，编有《纯
师集》等。

【注释赏析】

　　天井山：旧志引余敷中《太末集》载：天井山在城南六十五
里相思源。今属湖南镇，破石村去十三公里。山极高峻，旧有
寺，每岁夏秋间，香烟颇盛。

　　法象：自然界一切事物现象的总称。

　　齐州九点：解释为俯视九州，小如烟点。李贺《梦天》诗：
"遥望齐州九点烟，一泓海水杯中泻。"

　　越井千家：指山下村落人家。

　　末句用李白《夜宿山寺》诗意："危楼高百尺，手可摘星辰。
不敢高声语，恐惊天上人。"

湖南八咏

（清）郑文琅

叠　石

累丸势耸玉连环，仙子飞凫许往还。
应是青霞烂柯后，残枰收拾一林间。

燕 岩

不计春秋岁月抛，云台高处白云坳。
十洲三岛游仙到，或似人家燕借巢。

双 峰

擘分南北对高峰，倒映湖心水色浓。
开出天然真画本，梅花双管写寒冬。

双 溪

明镜澄空夹两溪，清光交映水东西。
潆洄合抱如襟带，不筑湖心十里堤。

将军岩

天上将军下果神，瓜期一代八千春。
笑他翁仲徒雕琢，还说秦时有力人。

纱帽尖

披衣玉女罢梳鬟，拥出仙官待例班。
冠冕尊严瞻气象，人人仰止向高山。

板 桥

人家两岸接炊烟，溪水回环树影圆。
忽忆板桥遗迹在，早霜曾踏五更天。

水 碓

桥畔岚光绿影浓，渔樵错杂伴山农。

夜来柳港喧声急，溪月溪云水自舂。

【诗人简介】

郑文琅，字玉良，号崐林。衢州西安县乌溪江人。近体道逸，古风或几于道，著有《率性集》。

【注释赏析】

古时各地多有所谓八景、十景、十二景之类，依据名胜，浮想联翩，所作多绝句，体近竹枝诗。

飞凫：见"王乔凫舄"。相传王乔会神术，来往倏忽，人见一对野鸭飞来，用网捕捉，只得到一只木底鞋子。借喻神仙人行踪，元代丁鹤年《环翠楼歌》："子晋鸾笙乘月过，王乔凫舄凌云还。"

叠石山上石块如棋，错杂委填，于是诗人想象成烂柯残枰。其他所咏各景也多类此。

湖南八咏

（清）孔传曾

叠 石

拜石何心学米颠，层峦叠嶂势空悬。
古来盘错多磨砺，压笋横斜借一卷。

燕 岩

岩悬疏处记仙游，可似齐云燕子楼？
多少诗人腰脚健，高登天外一昂头。

双 峰

何处飞来过浙东？一双文笔插凌空。
闲云两片自离合，也与西湖大略同。

双 溪

屋枕寒流碧映窗，倚阑闲坐看奔泷。
故人时有云笺赠，尺素迢迢鲤跃双。

SHI LU QU JIANG

将军石

胸襟磊落荡层云，石皱苔衣绿绣纹。
转战定当师百万，飞来天上下将军。

纱帽尖

舒卷云披絮帽檐，轩昂气宇壮虬髯。
艳他开到芙蓉顶，一朵仙花插碧尖。

板　桥

来往劳劳折柳忙，板桥一片不封霜。
东风满地飘晴絮，欲送行人到桤苍。

水　碓

水声潋潋转随轮，云碓回环泛麹尘。
月色捣残知白否？农家粒粒总艰辛。

【诗人简介】

　　孔传曾，字鲁人，号省斋。孔氏南宗后裔，孔毓芝子，衢州西安县乌溪江湖南村人。贡生，候选直隶州州判。道光壬午（1822）优贡。癸未，恩赐临雍观礼。教授闾里，奉母不出。咸丰八年（1858），罹难于太平军乱衢。《浙江忠义录》入传。著《省斋诗抄》，采录《两浙輶轩续录》。

【注释赏析】

　　栝苍：亦作括苍，古县名，治所在今浙江丽水东南，此处泛指丽水。

游湖南诸山

（清）叶如圭

　　朝阳笼晓色，缓步过村前。
　　山曲似无路，林深时有烟。
　　一筇依石瘦，半笠带云圆。
　　游兴渺何极，吟诗欲耸肩。

【注释赏析】

　　此诗颔联可媲美陆游："山重水复疑无路，柳暗花明又一村。"

西庄漫赋

（清）汪致高

云锁峰腰竹锁村，竹云深处有柴门。
水边碓熟新春米，雨后沙平旧涨痕。
高柳蝉声喧夕照，隔溪渔火乱黄昏。
山家最是秋来好，一枕酣眠古树根。

【诗人简介】

汪致高，字泰峰，号亦园。衢州西安县人。主要活动于乾嘉时期，考授州同。行世性恬淡，姿极聪颖。沉潜典籍，经史子集无不研其精奥。尤工于诗，卓然成家。著有《亦园遗稿》，采入《两浙鞧轩续录》。

【注释赏析】

白坞口境内元墩后有西庄自然村。"竹云深处有柴门"，类似"白云生处有人家"，杜牧诗中聚集一点，翻新视野，此诗多点铺展，收束于农家之乐。

湖钟牡丹台

（清）余时霖

灵萃湖钟淑气通，一枝先放状元红。

从知姚魏登高品，羞借胭脂点画工。

国色遥承仙掌露，天香深惹玉堂风。

根苗富贵多征兆，全赖名贤长养功。

【诗人简介】

余时霖，字景说，号沛然。衢西安县乌溪江破石人。少好读书，蜚声庠序，终岁谈经不寘，下笔千言，时人目为才子。乾隆间邑廪生。

【注释赏析】

湖钟：湖南镇破石村临江潭名。明永乐年间（1403～1424），破石村在湖钟附近余氏祖茔前建牡丹台，四周石栏环之，中植牡丹，相传有一种称金带围，不易开花，开则村中必有及第者，前后共开 18 次，恰合登第之数。今圮，与笔架山、砚瓦池、双峰共为破石四景。

姚魏即"姚黄魏紫"，姚黄是指千叶黄花牡丹，出于姚氏民家；魏紫是指千叶肉红牡丹，出于魏仁溥家。原指宋代洛阳两种名贵的牡丹品种。如果说牡丹是花中之王，那么，姚黄和魏紫便可称"牡丹之冠"。

诗从品、色、香诸方面层层展开，以人杰照应开篇的地灵，一气从容挥就。

题牡丹台

（清）余时泰

瑞采郁葱笼，烟霞护万重。
红酣风欲活，碧软露偏浓。
富贵根基茂，山川秀气钟。
可知台阁贵，姚魏卜崇封。

【诗人简介】

余时泰，字鲁山，号当园。本忱子，乾嘉间诸生，博学能文，绰有父风。

【注释赏析】

此诗三、四句细腻，抓住动态，风中花朵袅娜更鲜妍，观察入微，露里叶片低垂而晶莹，所谓栩栩如生各呈妙态。

牡丹台同诸叔及弟辈作

（清）余思猷

山川毓秀发奇葩，认取琼林表世家。

蓬岛有香皆富贵，春台无种不繁华。

腰围若许分金带，杯酒端应醉紫霞。

艳羡洛阳多锦绣，唐宫羯鼓动三挝。

【诗人简介】

余思猷，字慎修，一字遇昌，号兰亭。衢州西安县乌溪江人。性敦孝友，业在诗书，凡有善举，率皆倡，捐不惜费，并不惜劳。乾嘉间增贡生。候选训导。年逾七旬犹时与诸孙辈谈经不倦。

【注释赏析】

颔联描写牡丹品相，末联与一则传说有关，《事物纪原》记载："武后诏游后苑，百花俱开，牡丹独迟，遂贬于洛阳"。

叠 石

（清）余思铨

此石何年叠，甚于累卵危。
飞仙如可作，移下赌围棋。

题牡丹台

（清）余凤喈

春梦醒花房，春风转画廊。
浓姿初映日，秀色不禁霜。
一桁莺帘碧，双飞蝶路长。
沉吟玉溪作，花片断人肠。

【诗人简介】

余凤喈，乡榜名时埙，字伯吹，会榜更今名，字鸣雕，号梧冈。余本敦长子。衢州西安县乌溪江人。嘉庆甲戌（1814）进士，翰林院庶吉士，选习清书，充武英殿纂修官，改户部主事，擢户部员外郎。著《梧冈剩草》《余氏传稿》，诗采入《两浙輶轩续录》。

【注释赏析】

玉溪，李商隐号玉溪生，他是为数不多的刻意追求诗美的诗人，构思新奇，风格秾丽，尤其是一些爱情诗和无题诗写得缠绵悱恻，优美动人。李商隐有《牡丹》诗，借咏牡丹抒发诗人对意中人的爱慕、相思之情，借绝色艳姝来比拟，以花写人，并暗示意念中的情人如花似玉。此诗暗含憾惜，不一味赞美"浓姿初映日"，亦有"秀色不禁霜"，"一桁莺帘碧，双飞蝶路长"，看似闲笔，其实睹物思人情浓难化，最后以落花时节离人断肠为结，抒写出春梦春风中的美好和无奈。

题余氏牡丹台

（清）杨光祖

钟灵自古称川岳，神异先征富贵花。
一本幻成姚魏色，多人知是甲科芽。
鳣鱼堂集三公像，鸂鶒滩飞宰相沙。
信是物情原有验，何疑山地产仙葩。

【诗人简介】

杨光祖，字觐文。衢州西安县六都杨人。康熙甲午（1714）副贡，丁酉（1717）举人。生有至性，幼读史，至忠孝大节，辄起敬三复。《四书合讲》纂辑者詹文焕、翁复尝师事之。

【注释赏析】

鳣鱼堂：典出《后汉书·杨震传》，借喻进阶三公。

鸂鶒：水鸟名。借此祝愿此地人仕至宰相。

此诗紧扣牡丹与科甲，符合酬酢之体。

印 山

（清）余本敦

澄湖自南来，潋滟向西注。

有山当其冲，屹立如砥柱。

面面环沧波，歕欲烟与雾。

巍然高以方，乃如印在御。

石气何青苍，玲珑嵌抱固。

上无杂草木，丛桂滴风露。

登穴望嶔崟，拱峙作门户。

固当毓英豪，方严绝比附。

我闻形家言，往往多谬误。

人皇定九州，鞸笏问何处。

今来对清秋，指点斜阳渡。

窃叹造物奇，信有云霞护。

【诗人简介】

余本敦，榜名本焞，字上民，号立亭，亦作立庭，一号朗山。衢江区湖南镇破石村人，嘉庆四年（1799）进士，内阁侍读学士。著有《礼记直解》《周官说节》《观史摘编》《图书纂要》《郎山诗集》等。著名的黄鹤楼楹联："此地饶千秋风月，偶来作半日神仙"，即其所作。

【注释赏析】

印山：即笔架山，破石四景之一，孤峰屹立于乌溪江畔上游，海拔 150 米，山体中间高两边低，山上林木葱郁形似笔架而得名。

歖欨：吹动和吮吸。

嵌岖：险阻不平。

鞸笏：鞸即靴，靴与笏，古代官员在朝觐或其他正式场合用。

相思唐孝子墓

（清）叶枝扶

唐代琴城在，斜阳满一窠。

乌啼寻旧树，凤食想嘉禾。

毛橄生前痛，倪经隐后多。

寒山风猎猎，应不损蒿莪。

【诗人简介】

叶枝扶，字匡林，号景崇。衢州西安县人。康熙丁酉（1717）举人。官直隶遵化州州同，多惠政。

【注释赏析】

相思：湖南镇岩家山相思自然村。

孝子墓：墓在乌溪江相思村右岸，黄坛口水库形成后迁址。孝子，即指唐代衢州郑崇义。《两浙明贤录》："崇义为郡学士，读书署中，忽心痛，曰'得无母有故乎？'奔归，母果病。比卒，结庐躬耕墓田，以供时荐，终身不仕。"

砚　池

（清）余汝儒

双池为砚色不同，一墨还兼有一红。
如有微凹多聚墨，浓占文笔插云峰。

牡丹台

（清）余明远

秀气融成结此胎，却从琼岛自飞来。
世间漫道无奇种，独散芳香陇上开。

【诗人简介】

余明远，衢州湖南镇破石村人。生平事略不详。

双蝶峰

（清）余思仑

徘徊湖上祖茔崇，个里伊谁溯化工。

图画天然春水绿，诗情妙处夕阳红。

插云两两高飞似，映月双双巧舞同。

卜凤岂是吾宗定，须知旧德累多功。

【诗人简介】

余思仑，衢州湖南镇破石村人。生平事略不详。

印 山

（清）余思贤

石印累累瑞气浮，一卷兀若砥中流。
虽然完璞无雕琢，宜锡嘉名忠孝侯。

【诗人简介】

余思贤，字二可，号圣友，余时泰子。衢州乌溪江人。少聪慧，祖父爱之。受业朗山先生门，及长，恂恂儒雅，嘉庆间郡增生。终身尊遗训，课读外不预非己事。

【注释赏析】

锡：通赐。

双蝶峰

（清）余思贞

奇峰两朵从天下，相对青青郁不开。

缥缈白云风散处，一齐化作蝶飞来。

【诗人简介】

余思贞，字正民，号竹筠，余思贤弟。嘉庆间诸生。

双蝶峰

（清）余金鉴

峭拔青峰对岸开，白云片片自飞来。

联翩散得天香后，应兆探花使者回。

【诗人简介】

　　余金鉴，原名思乐，字颂僖，后更今名，号月波。衢州西安县人。少有才名，文情藻丽，得于父训者多。嘉庆间郡廪生。

印 山

（清）余金鉴

碧岫烟云绕锦章，玉纹金缕练风霜。
夜来月照湖光澈，印满菱花字一方。

砚 池

（清）余金鉴

秀色天成两砚池，为朱为墨别于斯。
湖山面面云烟起，却忆挥毫落纸时。

二十二、岭洋

柘川八咏（八首）

飞泉漱石

（清）郑受书

树杪飞来百道泉，云根石罅雪痕穿。

胡麻饭屑随流水，疑有天台采药仙。

【诗人简介】

郑受书，衢州西安县乌溪江人。生平事略不详。

【注释赏析】

柘川：即柘木村，乌溪江水库形成后被淹没。《浙西柘川程氏宗谱》程凤冈撰《柘川记》："郡南百二十里，有柘川焉。其名不知所始。或曰：土宜桑柘，因以为名。道由洋潭入，幽邃屈曲十余里，似无人居者。将入境，临以峻岭，岭之上，地宽平。依山建文昌祠，祠前有亭，远望若空中楼阁。绕山左旋数十步，豁然开朗，由岭道而下，桑麻遍野，间阎相望。"

树杪：树梢。

石罅：石缝，指狭谷中小道。

春涨浮洲

（清）郑　沅

小小金焦水面浮，有时春服满汀洲。

雪消新涨飞三峡，雨落残花梦一鸥。

东港风飞西港劈，上滩云逐下滩流。

主人爱写兰亭帖，觞咏年年好客留。

【注释赏析】

金焦：指江苏镇江的金山、焦山，以喻水中两个小洲。

春服：春装，指穿春装的人。

兰亭帖：指晋王羲之《兰亭序》。

觞咏：即饮酒赋诗。晋王羲之《兰亭集序》："一觞一咏，亦足以畅叙幽情。"

瀑布垂虹

（清）郑受书

飞云飞雪复飞虹，倒泻天河碧落空。

雌霓雄霓双影白，不因晴雨隔西东。

【注释赏析】

雌霓雄霓：指虹有二环时，内环色彩鲜盛为雄，名虹；外环色彩暗淡为雌，名蜺，即霓，今称副虹。

松涛泛月

（清）郑受书

松风有影偏宜月，松月无声却引风。

听到月斜风谡谡，山中宰相乐山中。

【注释赏析】

谡谡：象声词。形容风声呼呼作响。

山中宰相：南朝梁时陶弘景，隐居茅山，屡聘不出，梁武帝常向他请教国家大事，人们称他为"山中宰相"。比喻隐居的高贤。

连冈积雪

（清）郑文琅

林表雾色明，冈头雪痕逼。

广寒清虚府，可望亦可即。

郎朗玉山行，岭梅访消息。

【注释赏析】

林表：林梢，林外。

回阁秋风

（清）郑　沅

一丘一壑一天秋，何处临风人倚楼。

远眺眼中沧海小，高登足下白云浮。

欲怀题柱香如客，可学乘槎博望侯。

几缕软烟红树里，重峦叠崖画图收。

【诗人简介】

郑沅，原名重，字千里，又字二泉。文琅子，咸丰岁贡生。

【注释赏析】

题柱：此处用典。相传司马相如经过成都升仙桥时，曾在柱上题词："不乘驷马，不过此桥"，喻立志功名。

博望侯：出使西域的张骞，汉武帝以军功封其为"博望侯"。

天马奔云

（清）郑　沅

飞行远势绝尘奔，峰自飞来鹜岭蹲。

凡马欲教空万古，小山恰好对孤村。

从知佛国通西极，可许云程达北阁。

崧岳降生原倜傥，有人清气得乾坤。

【注释赏析】

凡马句，出自杜甫《丹青引赠曹将军霸》："一洗凡马万古空。"

山鸟句，出自宋之词《陆浑山庄》："野人相问姓，山鸟自呼名。"

山禽杂树

（清）郑　沅

图中著我醉翁亭，携酒携柑客共听。

各自呼名山鸟狎，相关乐意水禽停。

落花茵坐香留久，倚树琴眠梦欲醒。

牧笛樵歌归晚照，泉声一路玉玲珑。

南山别墅

（清）程凤冈

南山僻处结茅斋，不受尘侵亦自佳。

小港风回萦荇带，疏林雨过堕松钗。

晚邀樵牧来闲话，静对琴书契素怀。

若使柳州作游记，尽消竹杖与芒鞋。

【诗人简介】

程凤冈，字梧啃，号歧园。道光庚子（1840）恩科副榜。

【注释赏析】

诗人家住城南百里外栎木村，村在今岭洋乡境内，无事不履城市。

草鞋岭

（清）程凤冈

我家茅庐三两间，日日开门见青山。
登高未许夸捷足，待与白云相往还。

草鞋之岭高崔嵬，百级千级空中开。
此生能着几两屦，偏使劳劳跋涉来。

【注释赏析】

今岭洋乡境内有草鞋山。

过山仙阑

（清）叶如圭

叠嶂层峦四面阴，回身仄步倍惊心。

路随溪畔行常曲，山在云中望转深。

碎石纵横大如斗，稚松长短远成林。

前峰过处更幽绝，到此不闻流水音。

【注释赏析】

山仙阑：亦称三仙兰、山前峦、爵豆山，在今岭洋乡境内。峦长十里，绝称险峻，有古银矿遗址。

叶如圭砥砺攻苦，博习经史，尤长于骈俪。于诗中对仗驾轻就熟，如三、四句既贴切还有味，虽山人习以为常，一经道破，细品又颇有哲理。

题廿六坞围山饭庄

（民国）何建章

云峰峻岭路羊肠，越润穿林到此乡。

眼底方疑无去途，溪旁何幸有山庄。

入门共喜几窗净，扑鼻频闻笋肴香。

寄语行人且驻足，再寻客店道茫茫。

【诗人简介】

何建章（1889~1955），字育姜，原名其昌。衢江区岭洋乡人。晚清秀才。民国元年（1912）毕业于京师法政学堂。浙江省高等审判厅刑庭推事，参与创建浙江省法政专门学校并任教员。1921年，省议会推为《民国浙江省宪法》主稿员之一。1927年，任东阳县长。抗战胜利后，任国立英士大学法学系主任、一级教授，兼任浙江省司法官考试主考官。

【注释赏析】

廿六坞：即今岭洋乡廿六坞村。

抗战初期，廿六坞村有村民筑一饭庄，诗人游访后欣然为其命名"围山"并赋诗，酷爱家乡山水风物之情，油然而生。

日寇窜犯衢州，避难鱼山感怀

（民国）方光焘

恼人风雨罩春天，寒透重裘梦未圆。

蝶冻蜂僵阴雨涩，最迟花事是今年。

【诗人简介】

方光焘（1898~1964），字曙先，衢州柯城新驿巷人。著名语言学家、作家、文艺理论家、文学翻译家。1914 年赴日本留学，1924 年毕业后回国任教。1929 年由浙江省教育厅派至法国里昂大学攻读语言学。1931 年辍学回国参加抗日活动。曾任安徽大学、复旦大学、上海暨南大学、中山大学语言学系、中央大学中文系教授。解放后，任南京大学中文系系主任、教授，中国科学院哲学社会科学部委员会委员，中国政协第三届特邀代表，江苏省人大代表等。

【注释赏析】

鱼山：今岭洋乡鱼山村。

二十三、举村

严剥道中

（清）陈一夔

鸟道几百折，幽寻未觉劳。
草香粘屐齿，岚翠湿征袍。
箐密鸟声怪，村孤酒价高。
耳根无俗韵，滩响挟松涛。

岭断疑无路，溪回又一村。
有峰皆瀑布，何水不云根。
地僻衣冠古，山深巫觋尊。
今朝喜晴霁，返照在柴门。

【注释赏析】

严剥：在今举村乡境内，清代曾设严剥司巡检署。

"箐密鸟声怪，村孤酒价高。"非亲至不能到。"岭断疑无路，溪回又一村。"可媲美陆游："山重水复疑无路，柳暗花明又一村。"

巫觋：古代称女巫为"巫"，男巫为"觋"，合称"巫觋"。

举溪即景

（清）朱有祥

两岸烟村隔小溪，故人家在板桥西。

门前牧竖驱黄犊，竹里邻家唱晓鸡。

曲涧分泉青鸟过，乱山横影碧云齐。

沿堤一带诗中画，尚有群鸦绕树啼。

【诗人简介】

朱有祥，据《举贤缪氏宗谱》载，其为嘉庆间人，生平事略不详。

【注释赏析】

举溪，即举村乡举村源。

梁章钜和梁恭辰《巧对录》载：徐晞随太守走到庭墀，见一鹿伏地，太守想到一个全是入声的句子："屋北鹿独宿"，五字全在"一屋"韵，想想难度极大，应该没人对得上。谁料徐晞不假思索即对以："溪西鸡齐啼"，五字均在"八齐"韵，太守大喜。后来以"溪西鸡齐啼"为韵脚的诗常用来唱和。这首地方小诗就沿袭惯例，以这五字为韵，勾勒出一幅清新的山村小景。

下东坑游

（民国）余振华

巉岩直通九重霄，夹谷风来似海潮。

未见有人闻语响，正疑无路现溪桥。

崖旁凿窖藏红薯，岭外犁田种绿苗。

犬吠鸡鸣云雾里，楼台尽在半山腰。

【诗人简介】

余振华，衢江区湖南镇破石村人。民国时期毕业于上海暨南大学。

【注释赏析】

下东坑：举村乡下东坑村。

写山乡风貌，自然贴切，通篇俱好。

诗人简介索引

后 记

衢江，是钱塘江流域一颗璀璨的明珠。

衢江，古称縠水、瀫水、信安溪，亘古流淌，是衢州的母亲河。

近年来，在习近平总书记"绿水青山就是金山银山"重要讲话精神指引下，在省委、省政府着力打造"钱塘江诗路"的号召下，衢江作为钱塘江的南源，具有十分重要的历史积淀与文化底蕴。深度挖掘"诗画"、"山水"、"佛道"、"名人"等文化价值，梳理衢江流域的历史文化与人文资源，势在必行，刻不容缓。

衢江区是钱塘江流域的核心区块之一。境内山川毓秀、风月无边；川陆交汇，商贾辐辏，具有通江达海之区位优势。自古舟楫之利，漕运发达，素为通达闽赣、湖广交通之津梁；明清时期，又为通往海上琉球诸国之"丝路"。自唐以降，达官显宦、文人墨客徜徉于此，曾留下了许多瑰丽的诗篇。

有鉴于此，我们从卷帙浩繁的故纸堆里披沙拣金，上溯唐宋，下迄民国，遴选收录了197位历代诗人的400多首诗词。并以区划为纲，时序为目，属地统诗。展示衢江诗歌艺术之概貌，丰富衢江历史人文之内涵，增强衢江区域文化之自信，促进衢江文旅产业之发展。努力把衢江诗路文化带建设成为魅力人文带、黄金旅游带、魅力生态带、富民经济带、合作开放带。真正实现把衢江区建成幸福美好家园、绿色发展高地、健康养生福地、生态旅游目的地。

编撰过程中，我们得到了徐晓琴、黄菁华、何放华等方家、诗人的帮助，提供了有关诗作。承蒙政协衢州市文化文史和学习委员会主任郑彦、衢州市衢江区人大常委会原主任周小平、衢报人文智库专家黎豪杰、衢州诗词学会原副秘书长陈玄、文史专家余良佐、王显祥等审阅全稿，提出了宝贵的意见和建议，并通过了专题评审。付梓之际，藉此谨致深深的谢意！

匆匆选编，差错难免，祈请指谬，以臻完善。

编者

2020 年 9 月 30 日